妙！妙！妙！開心國

傅林統 著
李月玲 圖

目錄

第二輯 開心國萬歲！

—推薦序—

開心國的招牌——膨風古

台灣童書學校鄉土童書推廣志工、台東大學語教所退休副教授 **洪文瓊**

說故事台灣話叫做「講古」，「古」是過去、從前的意思，講古就是說一些從前有趣的事，在台語中，「古」被引申成為故事的泛稱。此外，台語對有超強能力帶點神奇色彩的人，通常美稱為「仙」，很會說故事的達人就稱為「講古仙」。相對的，很會吹噓，能把荒誕不經、子虛烏有的事說得活靈活現像真有其事一樣的人，也會被稱為「膨風仙」。「膨風古」就是帶有膨風性質的故事。那會講膨風古的人是不是就是膨風仙？不盡然，就像會說笑話的人，不一定就是喜歡搞笑的人。愛說笑話、會說膨風故事是人的一種能力，不是人的個性。這本《妙！妙！妙！開心國》，便是一位古意十足，愛說故事的小學校長，特別為少年讀者寫的二十篇膨風古。在開心國裡，「古」校長敲著膨風鼓，為大家敘說主角人物膨風少仙的膨風故事，膨風古是開心國的招牌。

膨風古的「膨風」究竟指的是什麼？它與其他類別的故事有什麼不同呢？字面義，「風」是流動的空氣，「膨」是漲大、擴充。自然界膨脹的風會產生流動，變得不實在。引申用到膨風古就是指誇張、荒誕不經的故事。故事的內容情境超乎一般人日常所見，違逆平日自然界運作的常軌就是誇張，如人會飛天鑽地、會變大縮小，這十足是誇張，是只有在夢幻中或電影裡才能實現的事。不僅如此，內容趣味十足，看似胡言亂語，沒什麼意義卻又能讓孩子手舞足蹈且高聲哼唱的逗趣童謠；以及非人世間所有、人人嚮往的桃花源世界或烏托邦，其實也都是誇張。歸納來說，膨風故事具有誇張不真實、無厘頭（nonsense）的兩個特性。膨風古指的就是子虛烏有、無厘頭，會讓人開心、引人一笑的故事。

或許是從事作育英才工作的關係，作者在本書所說的都是雅的膨風故事，沒有血腥，也沒有要教訓人的味道，十足彰顯作者的教育和寫作風格。作者活化利用民間的素材，如魔神、狐仙、遊天河、金雞報喜、孩子以五行取名等，以及在學校傳授的知識——語文裡的童謠和牛飲、蛇吞象、井底蛙、狐狸尾巴等的俗語、成語，數學裡數的遊戲等，巧妙建立故事骨架，進而轉化成膨風故事的生動情節，充分展現出作者說寫故事的創意和能力。更值得欣賞推介的是每則故事尾聲的處理，在類喜劇式的結局中，流露出作者關懷學子、期盼社會更美好的愛心。「古」校長的膨風故事禪棒，我從尾聲這一部分感受到了「笑聲裡有淚水，無厘頭裡有啟發」。希望讀者也會喜歡、懂得欣賞古校長的雅膨風故事。

—自序—

開懷童話的面貌

什麼是「開懷童話」？一般的認知是：讀起來輕鬆、快樂、好笑、開心就好，不必講求具備什麼意義的故事。

這類型故事，淵遠流長，歐美稱為「nonsense」，譯成「無意義」或「無厘頭」的故事，竟然是從古至今都很受歡迎，且是童話的大宗呢！最具代表性的是英國傳統的民間故事《鵝媽媽的故事》（*Mother Goose*）。從當中一小節可見其端倪：

Hey, diddie, diddie
The cat and the fiddle,
The cow jumped over the moon,

The little dog laughed to see such fun,
And the dish ran away the spoon.

嗨！利特爾，利特爾，
貓咪的小提琴，
母牛跳過了月亮，
小狗狗看見了笑哈哈，
盤子逃離了湯匙。

看似胡言亂語，不含什麼意義，可是單純的從語言文字的趣味來說，每一句都很美，很精緻，文法正確，且讀起來韻味十足。盡管它不含什麼意義，只是對小小年紀的孩子來說，是多麼輕易琅琅上口，百誦不厭呢！

Nonsense，是屬於遊戲性質的兒童文學類型，台灣的囝仔歌、兒歌，屬於這種性質的不勝枚舉，如：

厲翼，厲翼，
厲翼飛上山，囝仔快做官，
厲翼飛高高，囝仔中狀元，
厲翼飛低低，囝仔快做父。

九月秋風漸漸來，無被甲米篩，甘蔗粕撿來甲目眉，柑仔皮撿來甲肚臍，
蚊兜紗撿來甲腳尾，身邊甲密密，不知這寒陀位來？

台灣還有〈白賊七仔〉、〈邱罔舍〉、〈戇女婿〉、〈好鼻師〉等等無厘頭的趣味民間故事，更令人驚嘆的是還有「膨風故事」。我的童年，鄉下人的娛樂之一便是茶餘飯後，一群人聚在店頭或樹下，交談、開講、笑話連連，最精采的是吹牛膨風，吸引無數兒童群集旁聽。如今回想，深感這老少共享的「nonsense」，是何等珍貴！

其實談起「nonsense」，路易斯．卡洛爾的《愛麗絲夢遊仙境》是必須一提的，它既是幻想童話「fantastie」也是開懷童話。因為他打破傳統，使兒童的幻想與成人的詼諧融合在一起，形成殊勝的另類童話。無厘頭的忽然長大成巨人、忽然縮小如小蟲蟲。不愛生日禮物卻愛非生日禮物。判決在先，審理在後。是非、前後顛倒，卻無厘頭中有道理。生日禮物是數學問題，裁判是司法諷刺，忽大忽小是科幻。

卡洛爾給「nonsense」的是顛覆翻轉的思考和令人驚奇的內涵，他給了作家們一種啟示：寫「開懷童話」如果能：「笑聲裡有淚水，無厘頭裡有啟發」，那就是無上的另類創意。

其實「開懷」的涵義是寬廣而多元的，是庶民的、深入民間的、陪伴我們成長的，有著長遠而多元分歧的系譜。

在兒童文學的園地，許多作家在書寫正正經經的作品之餘，也喜歡嘗試「nonsense」，甚至有人寫上癮，企圖加以發揚光大，使它讓人在笑到眼淚都流出來的同時，竟然發現淚水裡有彩虹，有文學藝術的光影。

年逾八秩，對 nonsense 愈是嚮往，回想童年追逐「膨風」的樂趣，不由得心花怒放，陶陶然沉醉其境，提筆疾書，願以妙語、妙言的童話，博取讀者開懷、開心，樂享悅讀的妙趣。

第一輯
淚水上的彩虹

1 健忘，好糗！

班上有個擁有三重綽號的同學：「白痴」、「可憐仙」、「吊車尾」。

他爸爸是村子裡無人不知的開懷膨風大仙，媽媽也是毫不遜色的開心膨風仙婆。既開懷又開心的他倆，愛子心切，對同學們千叮嚀萬叮嚀，不要這樣叫他兒子，一定要叫他「聰明少仙」，聽話的都有糖果賞。

什麼是「白痴」？什麼是「吊車尾」？不說也明白，可是「可憐仙」呢？是不是遭到霸凌？遭到排斥？遭到輕視？不！都不是，他人緣好得不得了呢！只因他很健忘，健忘得真是好糗！好可憐！

有一天早晨，媽媽吩咐他上街到柑仔店買瓶醬油膏，聰明少仙飛也似的跑出門，一路怕忘了買什麼，不住的唸著：「醬油膏，醬油膏，醬油膏好吃得不得了，忘不了！忘不了，好吃的醬油膏——」

來到溝邊，有獨木橋，但是急性子的少仙，抄捷徑所以必須一躍跳過水溝，少仙卯足腳力，喊著：「一二三！」果然順利跳過溝，可是嘴裡唸的卻變成「一二三，一二三，忘不了三三三！三明治，好吃得不得了——」因為他實在很愛吃三明治。

柑仔店哪有賣三明治？該找早餐店吧！

「買幾個？」早餐店的小姐親切的問。

「買一瓶。」

「三明治哪有算一瓶的！」

少仙發覺應該不是三明治，又復習：「三三三，三三三，一二三來到阿里山——啊！三三三，三分魚！」因為少仙也很喜歡叫做三分魚的沙丁魚罐頭，立即轉回柑仔店買了一罐三分魚。可是摸摸口袋，發現忘了帶錢，不禁大叫：「糟糕！糟糕！」

「什麼糕？」耳朵不靈的老店主，驚奇的問著。

「真糟糕！真糟糕！糕——糕——膏——啊！醬油膏！」少仙高興的大笑說：「太好了終於想起來是醬油膏！」興高采烈的賒了帳，順利帶回一瓶醬油膏。

可是有一次健忘，卻沒那麼好過關，那是媽媽叫他到鄰村的姑姑家，邀請姑姑和姑丈回娘家參加為阿公舉辦的生日派對。

少仙飛也似的跑呀跑，氣喘吁吁，跌跌撞撞，終於跑到了，大聲問候：「姑姑、姑丈，好！」

姑姑問：「這麼慌忙跑過來，有急事嗎？」

「有！」聰明少仙中氣十足的大聲回答，可是接著卻結結巴巴，因為什麼事呢？忘了！東想西想，絞盡腦汁，拍拍腦袋，打打嘴巴，還是想不起來。

不知如何是好的聰明仙，突然大呼大叫：「想到了！想到了！」

姑姑和姑丈堆滿笑臉說：「那太好了！快說！」

「是想到以前忘了事情的時候，爸爸總是邊罵『笨蛋傻瓜』、『虧你叫作聰明仙』！邊罵邊罰我大聲呼叫忘了的事情百遍、千遍，譬如叫我買冬瓜，我買了西瓜，就要冬瓜冬瓜冬瓜說上千百遍，這麼一來果然記得牢，下次叫我買西瓜我就會買冬瓜。」

姑丈聽了想笑卻笑不出來，無奈的說：「可是現在你連什麼事都記不起來了，叫我怎樣罰你說千遍百遍？」

「那就大呼大叫『健忘真糗！健忘真糗！健忘真糗！——叫到聲音沙啞，喉嚨痛得飯都嚥不下。』」

姑丈哪敢，那是嚴重的「家暴」、「虐待兒童」使不得的！但聰明仙說：「不打緊，是幫我『思想起』啊！」

姑丈禁不起少仙苦苦哀求，就答應他在客廳大呼大叫，夫妻倆摀著耳朵愁眉苦臉忍耐。

叫了半天，少仙的腦子還是一片空白，少仙又想到大呼大叫無效時，媽媽會用手指猛彈他的耳朵或鼻子，於是央求姑姑試試。姑姑只好在少仙被彈得紅腫的耳垂輕彈幾下。

少仙卻說：「像蚊子飛過耳邊不痛不癢，請姑姑使出所有力氣好嗎？」姑姑小時候是玩彈珠的巾幗英雄！只好狠心使出「彈指功」朝痛感敏銳的鼻頭一次又一次的彈，彈得少仙大呼：「想到了！想到了！」

姑姑鬆口氣說：「還好想到了，看啊！我彈得手指頭都快斷了耶！」

「是還沒聽好媽媽交代什麼，拔腿就跑來啊！」

姑姑姑丈一聽，捧腹大笑，笑得東倒西歪，這時候爸媽都趕來了，氣急敗壞的說：「聰明仙這孩子，又健忘又急性子，怎麼辦好呢？」

聰明少仙自己卻笑嘻嘻的說：「爸媽，現在又有姑姑、姑丈幫你們二位罰我呼叫彈我耳朵鼻子了！您兩位輕鬆多了！」

這下爸媽也前俯後仰，笑得滿臉是淚痕，媽媽噙著淚水，慈祥的摟住兒子，喃喃地說：「忘就忘了，沒事！沒事！請爸不再罰你千遍百遍呼叫，我也不再彈你耳朵鼻子了！」

爸爸也眼眶紅紅，哽咽著說：「對！對！我們都再也不罰你，不罵你，乖就好，健忘又怎樣！跟我一樣膨風又怎樣！」

奇怪的是少仙不再擔心被罰以後，心無罣礙，心爽氣清、耳聰目明，竟然自主性的時時提醒自己：「一切聽清楚、記清楚、想清楚！甩掉健忘，抹去白痴，甩掉可憐相！」

說也奇怪，從此少仙竟然從醜陋的毛毛蟲，蛻變成翩翩飛舞花間的蝴蝶般，記性好，功課好，一切進步神速，成為班上頂尖的優等生，不虧是「聰明少仙」了！你說奇怪不奇怪？

2 真的！假的？聰明丸

1. 聰明丸的來歷

班上的白痴變聰明了，從吊車尾一躍名列前茅，奇蹟似的變化，使得綽號「開懷膨風大仙」的爸爸，又有得大吹大擂了！

靈感澎湃洶湧的大仙，自言自語：「兒子既然是『仙族』一份子，當然聰明絕頂，是名符其實的聰明少仙，事事叫人佩服得五體投地。現在果真如此，得乘機利用，一改取悅別人開懷，而自己卻賺不了錢的窘境，勇闖一片富貴天！

「有啦！聰明丸！祖傳祕方，五千年膨風家族仙丹，聰明起來的少仙正可以當活廣告。」

於是大仙街頭巷尾到處宣傳：「天狗汗、地龍淚、鳳凰毛、麒麟角，冰凍北極，凝結聰明丸，白痴吃了也變天才。」

聽者抓狂：「什麼祕方啊！鬼話連篇！狗屁不如！叫誰相信！」

「不！不是鬼話，不是狗屁，祕方嗎！不會明說！信者有福，不信者良機盡失，我家聰明少仙活生生的見證。」

聽者抓狂轉為點頭，從此大仙、少仙，話題熱鬧滾滾，沸沸騰騰，更是學校熱門的研究題材，校長拗不過家長要求，邀請大仙蒞臨大禮堂，舉行一場別開生面的「膨風大仙開懷講座」，娛樂兒童兼啟發他們的想像力。大仙欣然應邀，父子同台表演。

「各位小朋友，我的兒子，你們的同學，聰明少仙，為什麼能夠有超群的膨風智慧呢？」

「叔叔，我知道！是叔叔給他吃聰明丸。」

「對！聰明丸！要不要試試他的膨風能耐有多大？證明聰明丸的確藥效驚人呢？」

「要！要！要！」反應熱烈。

2. 我家的飛機場

少仙、大仙雙雙站上舞台，大仙說：「請大家給出個考題，最好考倒少仙。」

「我家的什麼什麼——要說三個章回喔！」小朋友們很想知道膨風之家，到底有怎樣奇奇怪怪的底細？說一回，不如三回來得詳細。

少仙毫不遲疑回應：「好！第一回〈我家的飛機場〉。」

驚訝聲此起彼落：「太扯了！少仙家有飛機場？」噓聲四起，不過都好奇的洗耳恭聽。

「輕輕巧巧的飛機，嗡嗡嗡！發出響亮的引擎聲和拍翅聲，在平平坦坦的機場上空盤旋了一會兒，一架又一架，穩穩當當的著地。乘客迫不及待的離開機艙，走下梯子，各奔前程。然後呢？飛機伸出又細又長的油管，就地吸取地皮下儲存的油料，原來機場也是加油站，那油料又香又甜又滋養吧！

飛機的眼神顯得那麼的陶醉，那麼的樂揚揚！」

聽眾詫異的你看我，我看你，細聲討論：「好奇怪的飛機，會拍翅？會加香甜滋養的油料？還會陶醉樂揚揚？」

「什麼飛機，根本就是吸血的蚊子嘛！故弄玄虛！」

「對！是蚊子。」

「那機場呢？」

「是我爸爸的額頭啊！本來我爸爸說這些小飛機太可愛了！簡直是青雲白鶴嘛！情願給牠們提供機場和加油的服務，可是無意間發現飛機的乘客，竟然有好多偷運毒品的『毒販』啊！」

「毒販？好可怕！」

「所以我爸爸想出了對策。」

「什麼對策？」

「不急，不急，且聽下回分解。」

3. 我家的水雞牧場

「大仙的額頭是機場，而且是好多毒販的機場，膨風少仙啊！你的家未免太爛，太扯了！可以住人嗎？」

「擔心什麼！我們有對策。」

少仙清清喉嚨，正經八百的繼續說：「我家最值得驕傲的是有個奇妙的大牧場，我和爸爸雖當不了畜牧大亨，也有好幫手幫忙滅除擾人的蒼蠅蚊子，而且牧場還生產享用不盡的餐餐美食。」

「膨風也要有個程度，少仙啊！你的家，木屋一椽，前面是池塘，後面是山坡，哪來什麼牧場？」

「哼！你哪懂！」少仙瞪著說話的同學堂而皇之的說：「請你睜大眼睛看！我家門前的池塘就是遐邇聞名的『水雞牧場』。」

誰懂啥是「水雞牧場」？更哪來遐邇聞名？全班同學各個目瞪口呆，等待少仙說明白：

呱呱！烏雲來了！

呱呱呱！下雨了！

呱呱！呱呱呱！快到我懷抱裡躲雨啦！

「少仙唱起土得叫人作嘔的兒歌來了！」

「哪是兒歌，是水雞的情歌。」

「喔！我們懂了！你說的水雞就是青蛙吧！」

「算你聰明，不錯！是大得像闍雞的青蛙，綠色的翠玉一般美美的。」

「喔！好像看過哩！」

「可是一定沒看過像我家那麼聰明的水雞，捕蠅捉蚊，身手敏捷，我爸爸把牠們請進屋裡，一跳一躍，任你蒼蠅蚊子像飛機飛得高、飛得快，張口捕捉從不失手。」

「喔！懂了！好對策。」

4. 我家的歌劇團

「現在該輪到說第三章——我家的歌劇團了！」

「少仙，真的？你家有歌劇團？」

「當然是真的，還分為『鳥蟲團』、『風雨團』、『魚躍蛙鳴團』、『狗吠貓叫團』等等呢！更奇妙的是這些歌劇團都是從天上降下來的呢！」

「哇！膨風滿分！」

「第一個出來亮相的是燈光師，他把紅色的氣球推上山頭，讓它成為緩緩上升的旭日，不一會兒，又把燦爛的旭日，變換炙熱的驕陽，然後又轉換成把西山染得通紅的夕陽，多麼綺麗的劇場布景！不只如此，太陽西沉，一鉤彎彎的蛾眉月，婆娑的姿影出現舞台，不管是團欒月，或光燦的皓月，總是配合劇情令人賞心悅目。」

當同學們聽得目瞪口呆，膨風少仙繼續口沫橫飛：「就不說變化無窮的燈光和布景，單單說演員們了不起的表演好了，鳥兒在枝葉間啁啾，唱起牠們拿手歌曲——早起的鳥兒有蟲吃。蟲兒在周遭回嗆：『咕咚！咕嘟！咕咭！咭嚕！』抗議聲此起彼落，好熱鬧的劇情。

「呀！燈光師把舞台的燈光都關了！烏雲密布，狂風吹起，電光穿透黑鴉鴉的雲層，氣勢雄偉的交響樂震耳欲聾，多麼引人入勝的戲碼！

「我家的歌劇多采多姿，免門票，免排隊，只要掌聲、笑聲！因為這就是我膨風明星渴望的代價。」

膨風少仙說得頭頭是道，掌聲四起，可是膨風大仙的笑容卻突然不見了，面露怒氣，指著少仙罵聲連連：「怎麼可以免門票？我大仙給你餵食聰明丸，為的是賺大錢，掌聲、笑聲，換不了金錢。」

大仙大賣聰明丸，生意興隆，供不應求，可是代價呢？還是掌聲、笑聲，不是金錢。

3 膨風也成詩篇

膨風大仙的兒子——膨風少仙，每個夏夜都拎把板凳，在小木屋門前跟三五朋友圍坐在一起，望著神祕的天空，互相口無遮攔的講天說皇帝，快樂無比！

漆黑的夜空並不寂寞，甚至更為熱鬧，因為烏漆麻黑的天幕，點綴了鑽石般的星星，它們俏皮的互相擠眉弄眼，閃閃爍爍，爭奇鬥豔，可愛極了！每個孩子都想摘一顆下來，好好的親它、吻它！

孩子們也喜歡月夜，月亮像個含羞的小女孩，有時露出亮麗的臉龐，有時躲在薄紗帳裡久久不肯出來，等風兒吹走了浮雲，終於又羞答答的掀開帷帳，嫵媚地對你微笑。

夜是如此的美，可是孩子們還是喜歡白天，他們都是早起看日出的孩子，當東方的天空露出了乳白的顏色，逐漸的呈現淡淡的紅暈，然後是嫣紫，接著旭日東升，雲霞在襯托，彩光在閃耀！

孩子們高談闊論，有的說他喜歡星星，有的說他愛月亮，有的崇拜太陽，不知不覺互相抬槓了起來。口沫橫飛，從傍晚槓到深夜，從深夜槓到天亮，三天三夜，廢寢又忘食，膨風村的大人不以為意，因為他們膨風入了迷，相信互槓膨風，就會變成為一首首有趣的詩篇。

數星星

星星到底有多少？
奶奶說數不盡
不用白費力氣！
數不清楚會變成白痴

我不相信，偏偏要數個到底
第一夜，數到千，做個記號明天再數
第二夜，記號不見了，重新再數，弟弟幫著做記號
第三夜，記號又不見了，問弟弟，他也傻傻記不清

唉！聽奶奶的話
不要數了
要不然
白痴就是我自己

捉月亮

一口井，三家的水源
煮飯、洗衣、澆花、泡澡，都用它
嫂嫂打水，哥哥挑水

鄰家碰面，井邊聊天，笑聲連連
那天夜裡，小安子突然有個大發現
月亮掉在井裡了！
呀！大發財，走好運！
毫不猶豫立刻搬來井蓋，密密的蓋住
還費盡力氣抱上一顆大石壓住

哥哥、嫂嫂、鄰家奶奶，聽了都說好消息
那打水呢？
再挖一口井！
三家叔叔伯伯笑嘻嘻，挖呀挖，一口新井
盼著月亮賣個好價錢，三家平分，樂嗨嗨

畫家

太陽公公逗著膨風小子玩兒
天一亮就端出偌大的一個紅蛋給當早餐
可是看得到吃不到
怎麼一回事？

原來太陽公公是畫家
手上握著七枝魔幻彩筆
地球是他喜愛的畫紙
畫了青翠的山、碧藍的海、繽紛的花
還有彩蝶、飛鳥、昆蟲——
到了黃昏又在西邊的山頭端上大紅蛋
這回膨風小子不會上當
拿出塗鴉本事

亂七八糟把太陽公公的畫紙塗黑
然後打了噴嚏
烏漆麻黑的畫紙竟然給噴上點點的星星
然後口水直流
流在畫紙染出了圓滾滾的月球
啊！
膨風小子也是個畫家
太陽公公畫白天，小子畫黑夜
太陽公公用彩筆，小子用鼻涕口水
哈哈！哈哈！

星星、月亮、太陽聽了膨風小子一夥人的詩，都皺起眉頭說：「這算什麼詩啊！濫詩！壞詩！臭詩！膨風也要有個程度啊！」

星星氣憤的說：「什麼話呀！說我是他的噴嚏。」

月亮嘆著氣說：「說我是他的口水，濫調兒，不堪入耳！」

太陽脹紅了臉說：「還敢把我的日出和夕陽比喻蛋蛋，太沒格調了！」

膨風小子他們哪裡知道星星、月亮、太陽不高興，反覆讀著自己的詩，甚至高聲朗誦得意洋洋。

4 神仙美容術

聰明的膨風少仙班上有個叫做「不笑臉」的女同學，她真正的名字呢？似乎都被人給忘了！她自己也不在乎人家怎麼稱呼她。

「不笑臉，就不笑臉，那是我自己的臉，關你們什麼屁事！我不笑就是不笑，天底下有什麼好笑的！笑得像個瘋子，難看死了！何況笑出滿臉皺紋，催自己老化，太不聰明了！」

可是在乎的是爸媽，女兒雖然不是擺臭臉，但死死板板、僵僵硬硬、誰不會誤會她在生什麼氣、發什麼怒？一點兒女孩子的可愛模樣都沒有，一回到家，家裡的氛圍就悶悶的透不過氣來！怎麼辦是好？

爸媽為這件事長年煩惱，有一天談來談去，媽媽忽然靈機一現說：「對了！聽說美美班上有個很會搞笑的『膨風少仙』，他笑口常開，滿懷喜樂，人見人愛，最重要的是他爸爸是村子裡有名的『膨風大仙』，父子相傳『膨風功夫』一級棒，而且對我們美美一直有好感，叫他幫忙改變美美的『不笑臉』，相信用過聰明丸的他一定有辦法。」

爸爸卻搖搖頭說：「試試是可以的，但有效嗎？要是那個膨風小子有那個能耐，既然是同班同學，早就改變我們美美的『不笑臉』了，怎會等到今天？」

「試試又不會損失什麼！」

「好吧！讓那小子試試吧！」

於是媽媽悄悄找來少仙，懇切的交付他重責大任，少仙一點兒都不以為困難。但立即答應，好像自我貶低身分，因此裝模作樣說：「哼！『不笑臉』人人討厭，但眼看著伯父伯母二位，這樣懇切的請求，我怎能忍心推辭！好吧！請放心，一切交給我。」

一點兒都不以為困難的膨風少仙雖然滿腹經綸，但對付「不笑臉」來說，總得花點兒心思。從來不懂得氣餒、放棄的膨風性格，使他走路也想，上課也在想，睡覺也在想，吃飯也不知其味，總是想著如何讓美美笑起來？蒼天不負苦心人，有一天，少仙忽然歡呼擊掌自言自語：「有啦！有啦！愛笑村，把美美帶到愛笑村去！」

一個午休的時間，少仙找美美到操場邊邊的楓樹林談天去，美美照樣板著面孔問：「找我有事？」

「當然有，是重大訊息，特地來告訴妳。」

「何必大驚小怪的，我又不是傻子。」

「如果是傻子，我才不理！是找到了醫治妳『不笑臉』的靈藥妙方！」

「喲！又靈藥又妙方？」美美差點兒笑出來，但還是面無表情的說：「都什麼時代了，還在耍什麼千古奇談，就是笑破別人家的肚皮，我也不被你騙！」

「不！真的，這麼多年了，作為妳最好的比對，一個終日笑不停，一個始終看不到一絲絲笑容，妳知道逗不起妳笑，我心裡有多尷尬嗎？妳知道我的笑聲裡含著淚水嗎？所以我一直在找藥方，前幾天神仙來託夢，因此冒險犯難踏上神祕的靈山求仙去，仙人高興的說你找對了，何不把美美帶到『愛笑村』去，到了那兒，不但會健康美麗，還會常笑不怒，青春永駐！

「『快告訴我「愛笑村」在哪裡？就是連拐帶騙，我也要帶美美去！』

「『說遠，是非常的遙遠，說近，近得不得了！請你先靜下心聽聽我描述『愛笑村』的風景。』

「我定睛凝望洗耳恭聽，仙人以莊嚴的口氣徐徐述說：『愛笑村的人，只要每天笑容滿面，彼此說說笑笑，就能快活過日子。這裡的稻禾、水果、蔬菜，只要聽著人們的笑聲，就會成長結果。這裡的牛羊、雞鴨、魚蝦，只要聽聽笑話、看看笑容，就會肥美長大。』

「『真的？沒騙人？』

「『想想，神仙會騙人嗎？』

「『不會！不會！』我惶恐的說。

「『那要怎樣帶美美去？』

「『那得你自己先進去，取得村民的資格。』

「美美啊！我特地約妳在這裡，就是要告訴妳這個消息，問問妳願不願跟著我到『愛笑村』去。這個村莊的人都從『愛笑大學』畢業，所以對笑都有一套妙趣橫生的心得。」

美美依然板著面孔說：「扯到哪裡去了？什麼大學，四年寒窗，騙不了珍惜黃金歲月的我美美！」

「不！不用四年歲月，愛笑大學的『笑長』一瞬間就可以頒給妳一顆『笑果糖』，讓你吃了『笑科』滿心田。」

美美真的很想大笑一番，因為少仙未免膨風得太誇張了。少仙看出美美強忍著笑意，繼續聚精會神說：「仙人啊！您怎麼還沒有告訴我怎樣把美美拐到這裡？」

美美眼看少仙愈扯愈荒腔走調，不失膨風本來面目，真的好想爆笑一番才痛快，卻忍著故意冷冷的說：「難道你真想把我拐到那荒謬無稽的村莊去？」

「對！完全猜對了！可是仙人說：『你不用枉費心機，因為「愛笑村」要自己走過去，誰也無法帶別人進去。』掰掰！我的話說完了，要不要去？妳自己決定。」說罷轉身離開。

美美再也忍不住想捧腹大笑，可是「不笑臉」的她，在少仙還沒遠離之前還是忍住了，裝出一副臭臭的死板臉。

少仙心裡明白，美美每次聽了他的膨風笑科，表面忍著不笑，可是總是找機會自個兒躲在楓樹林偷笑。

少仙攤攤手，搖搖頭，很快的消失在遠處的校舍一方，就在此刻美美放鬆心情開懷大笑，笑少仙的膨風膚淺、狡賴、只不過是騙術一籮筐。

「哈哈！哈哈！哈哈！」

「嘻嘻！嘻嘻！嘻嘻！」

「呵呵！呵呵！呵呵！」

笑得滿意了的美美，忽然靈光一現，發覺少仙說的「稻禾蔬果、雞鴨牛羊，其實是心田上的麗花芳草，是心靈上的飛鳥走獸啊！」想到這裡，剛才輕蔑的嘲笑，忽而轉成春陽般真情的歡笑。

美美的爸媽正在隱密的角落，悄悄的觀望，太興奮了！太感動了！歡欣雀躍奔跑過去，眼看著美美怎麼變得那麼美麗可愛，雙雙禁不住脫口大喊：「孩子啊！妳真美，是名符其實的美美呢！」

爸爸更感嘆著說：「有人說：一笑一美，一怒一醜，常笑不怒，就是神仙美容術，啊！少仙，好帥的神通法術！」

5 少仙聰明術

少仙的「神仙美容術」風行一時，然而少仙的本事，更值得一提的卻是「聰明術」呢！他把要好的朋友——小糊塗，變成「小聰明」呢！

小糊塗的媽媽原先很擔心不十分靈光的兒子出門會被人欺負，想不到隔壁智商一八〇的小聰明少仙，竟然是小糊塗的莫逆之交。有了少仙相伴，媽媽總算鬆了口氣，也放下了一百個心，每天看著少仙親切的牽著她糊塗的小兒子上學，好窩心！

有一天，小糊塗在自家門口抱著一個水缸哭泣，少仙詫異的過去問：「怎麼了？哭得兩眼紅腫。」

有人關心，小糊塗哭得更傷心，鼻涕眼淚直流，兩肩抽動，兩腳發抖，雙手緊抱的水缸似乎快要掉落，少仙好心的接住那底部向上的水缸，當一把凳子，安詳坐著又問：「小糊塗，怎麼哭了？快把原因告訴我，我一定替你解決。」

小糊塗不哭了，出神的看著少仙舒舒服服的坐姿，驚奇的大喊：「我買錯了，把凳子當水缸，怪不得挨罵！」

這回是少仙糊塗了，直問：「怎麼一回事？又水缸又凳子的？」

「少仙，剛才媽媽叫我買水缸，我買回來這個凳子，媽媽很生氣的罵我：『這孩子真糊塗，怎麼買回來一個無口破底的水缸啊！糊塗得太過分了！』」說罷，叫我抱著這東西罰站。

少仙明白了，哈哈大笑說：「小糊塗，你媽媽是大糊塗，該獎賞你的，怎麼糊塗得叫無比聰明的你罰站！」

小糊塗的媽媽聽見門外說話聲，詫異的探頭查看。少仙說：「阿姨，你家小糊塗買回來是多用途的無價之寶啊！這樣當小凳子，翻過來當水缸，擺在屋裡當古董，擺在客廳當茶几，放在門邊插雨傘，好處多得說不完。」

「可是我看起來明明是『無口破底缸』，裝不了水，裝了也會漏光光。」

又有一回，少仙偶然看見小糊塗蹲在自家門旁，低著頭掩著臉暗自啜泣，狀至可憐，不禁靠過去關心的問：「又怎麼了？哭得這樣傷心。」

「都是那家『憐香惜玉牛排店』害的了！」

「憐香惜玉牛排店」是小鎮裡最近出現的很酷的店鋪，說是配合觀光規劃，吸引外來遊客的「創意新點子」。不但亮麗的招牌和裝潢十分吸睛，而那「一家烤肉萬家香」的牛排噴噴香，更使路過的人不得不停下腳步出神的聞香，受不了誘惑的腳步自然往店裡移動。

小糊塗從來沒聞過這「天香」，「憐香」之情油然而生，每天一次又一次的，情不自禁的躲在店門角落，用力的吸著氣，聞呀聞，好過癮！

這動作引起了魁梧而滿臉橫肉的大老闆注目，有一次突然抓住小糊塗的領子，凶巴巴的說：「嘿！你這一身臭氣的傢伙，怎麼始終站在這裡聞香，牛排一份六百元，『香』與『玉』同價，給我三百元的帳。」

「我身上又沒錢。」

「暫時給你賒帳好了，不過不能賴帳喔！」老闆狠狠的怒目瞪眼，總算放走了小糊塗。

小糊塗欲哭無淚，回到家不敢進門去，只好蹲在門邊哭泣。少仙聽了，安慰說：「放心！我口袋裡剛好有好幾枚五十元硬幣，我替你付錢，並且繼續享受『天香』，擦乾眼淚一起走。」

「不！我不敢，我怕，那老闆很凶！」

「我們講道理去，又不是跟他比凶，你放心！」

到了「憐香惜玉牛排店」，少仙大大方方的掏出口袋裡的硬幣，放在掌心讓一臉橫肉，眼睛露著凶光的老闆看個清楚，還叫老闆拿出收銀盤，好端端的放在櫃檯。我們少仙煞有介事的叮噹！叮噹！叮噹！叮噹！叮噹！叮噹！投下硬幣，然後又迅速的把硬幣收回放進口袋。

老闆傻了眼，質問：「錢呢？」

少仙不慌不忙，理直氣壯回應：「你的牛排『香、玉』同價，我的錢『形、聲』同價，互不相欠了！」

老闆搔搔頭自言自語：「說的好像很有道理！」「不是好像很有道理，是真的很有道理。」

少仙牽著小糊塗的手大踏步吹著口哨離開「憐香惜玉」。

有一天，少仙看見小糊塗一改欲哭無淚的可憐相，竟然笑容可掬，像隻小鳥又蹦又跳迎面而來。少仙詫異的問：「什麼喜事？笑得那麼開心。」

「少仙，告訴你好消息，我發財了！」

「怎麼發的財？丈二和尚摸不著頭啊！」

「媽媽告訴我：『不要始終哭喪著臉，要笑口常開，讓喜氣洋洋，喜神就跟著來，財神也會情不自禁進門來』，媽媽的話一點兒都不錯，昨晚財神爺果然到我夢中來。」

「喔！一定很精采。」

「財神爺笑咪咪的告訴我：『開懷大笑吧！讓笑聲響遍四方，那麼你就會得到四方財。』

「『真的？』

「財神爺說：『當然真的，神明從來不說謊。』

「我高興極了，放聲狂笑，笑聲衝上天，果然天空下起了大雨，是叮叮噹噹響的金錢雨，不一會兒，院子裡鋪滿一層厚厚的金錢，發財了！發財了！我瘋狂歡呼。」

「是不是叫得太大聲，把自己叫醒了？」

「我自己沒醒，是把月亮和星星都叫醒了，他們笑得比我更瘋狂，一陣陣驚天動地劃破天空的笑聲，又把滿院子的金錢吸引過去，嘩啦！嘩啦！嘩啦！嘩啦！金錢雨下在月亮、星星那裡。」

「你笑輸了，錢幣都跑掉了，很失望吧？」

「不！很高興，金錢雨挾帶院子裡所有的髒東西——垃圾、灰塵，連臭味、霉氣，全都飛走了，一塵不染，清清爽爽，乾乾淨淨，好打掃，好舒服！沒負擔，沒煩惱。」

「說的也是，金錢回天空，不！歸虛空，輕鬆的心情，讓人感覺真好！」

小糊塗笑得很開心，從此笑口常開，智商提升，跟少仙並駕齊驅，彼此的手牽得更緊。

6 神木山奇譚

1. 巨人

誰不知膨風大仙的膨風鼓，哪有過真的！可是誰都希望他大吹大擂，極盡膨風的能事，讓人聽得過癮，聽得開心！尤其是升級為「大仙」的時候，每當他口沫橫飛侃侃而談時，身邊立即圍繞一大堆好奇的兒童少年。

「當我少年十七、十八時，哪像你們都是靠爸族呢！意氣風發，立志出鄉關，勇敢的來到神木山深處的林場，年紀輕輕的當起領班。」

「領班？領什麼班？啟智班？天才班？特教班？還是音樂班？」

「傻瓜！當然是伐木班啊！那兒是千年、萬年神木山，有的是高聳入雲的十人抱、百人抱，甚至千人抱的巨木呢！」

「喔！十人抱就不得了，還有百人千人抱巨木？未免太誇張了吧！」

「一點兒都不誇張！為了鋸倒一棵神木，我打造了長達一百公尺的鋼鋸，兩邊手把又各一百公尺。」

「總共三百公尺，好長喔！比我們學校的拔河繩還長。」小聽眾發出驚奇的感嘆聲。

「對！鋸神木就像拔河，一邊各一百人前進後退，汗流浹背的鋸啊鋸，汗水流滿地，踩在汗水的溝渠，兩邊的工人都成了泥人，氣喘吁吁，鼻孔冒出煙霧，神木周圍迷霧一片，可是只鋸下皮層一點點而已！怎麼辦？」

大仙吞吞口水繼續說：「嗨！我有對策，我們這些人比起巨木，像是小螞蟻，再多也沒用，找兩個巨人來，輕輕鬆鬆鋸斷神木！」

「巨人？在哪裡？」

「嗨！就在深山幽谷，躲著人們耳目，但我大仙有線索，何況還有巨人酋長是我好友。」

「巨人來了？一身黑衣，打著新月形領帶。」

「林班的小傢儸們，眼看著兩個巨人哼著山歌，一下下就鋸倒那棵百人抱的神木，歡欣鼓舞殺雞宰羊，煮一大鍋香噴噴的米飯宴請貴客。可是貴賓說吃不習慣米飯要吃包子饅頭。大夥兒又忙著和麵，準備蒸籠。巨人卻哈哈大笑說：『滿天漂浮的包子饅頭，你們窮忙幹嘛！』說罷伸手摘取浮雲朵朵，大快朵頤。」

「太好了！免費大餐，皆大歡喜！」

「唉！別高興得太早！巨人吃掉天空所有雲朵，炙熱的太陽沒遮攔的照射整座大山，巨人鋸樹鋸得興致勃勃，不一會兒這座山，那座山，都被鋸得光禿禿，更糟的是巨人口渴了，彎下腰把山谷裡的溪水喝得枯乾。」

「領班，都是你惹的禍！」

「是啊！三拜託，四拜託，好話說盡，巨人才答應回家去。可是災難是我惹的，引咎辭職，結束了我的林場生活。」

2. 魔神

「後來你怎麼過日子？」小朋友迫切的問。

「從此談到巨人就心驚膽跳，專找小不點兒做朋友。」

「找我們小朋友？」

「比你們更小的。」

「小精靈？」

「小精靈的族親。」

「到底是誰？」

「告訴你：是魔神！」

「魔神？最小的小精靈。」

「會騙你吃牛屎？」

「怎會！他們住在大自然最乾淨的祕密花園，那天，失業日久，身無分文，飢寒交迫，獨自徜徉林間幽徑，在一個彎角的草叢聽見悉悉嗦嗦說話聲：『喂！看你一幅落魄的模樣，一定遇到什麼困難吧！』

「『誰？怎麼知道我遇到困難？』

「『我是魔神！會給你解決困難。』

「『真的？可是我看不見你啊！不知你長得怎樣，怎能相信你。』

「『那你就看吧！我就在你眼前。』

「我東張西望，再怎麼睜大眼睛都看不見說話的魔神。

「『你們人類個個都習慣於自大、驕傲、蠻橫，怎能看得見卑微細小的我呢！請你謙卑、謙卑，再謙卑、再謙卑，不要無視於別人小小的誠心好意，你的眼睛自然明亮而看得見小小的我啊！』

「啊！謙卑，我本來就非常謙卑啊！所以口無遮攔的敲膨風鼓，並不是驕傲自大，完全是為了取悅別人，只要聽者高興，我被取笑為『膨風大師』

或『膨風大仙』又有什麼關係呢！

「果然我的眼睛亮了起來，眼前的魔神多麼的神氣活現，多麼的聰明伶俐！瓜子臉笑瞇瞇，直挺挺的身材英俊瀟灑，頭戴博士帽優美雅致，晶亮的眼神充滿智慧。正高興遇見可愛的魔神而興奮不已的當兒，驚訝的發現我倆正站在一堵令人垂涎欲滴的餅乾牆旁邊，使我頓時感覺飢腸轆轆！

「啊！失業流浪的日子，有一餐沒一餐的，當餓得發昏時，遇見一個小朋友，啃著香甜的餅乾，不恥下討，他給了我一塊四四方方的餅乾，現在只因我變小，餅乾竟然變成一堵高牆。

「『呀！你一輩子的糧食不用愁了！一堵牆的香噴噴的餅乾。』

「『可是下起雨來怎麼辦？腐爛了怎麼辦？生蟲了怎麼辦？我還年輕呢，一輩子長長久久啊！』

「『你忘了你來到魔神國了，這兒的雨會使餅乾更香更脆更好吃，這兒的空氣清淨無汙染，這兒的蟲蟻是糧食的守護者，會保護餅乾長長久久新鮮美味！你儘管放心吧！』」

「喔！那麼好的魔神國，真教人豔羨耶！」小聽眾個個驚嘆連連。有人不禁詫異的問：「你應該可以長長久久當魔神國的幸福國民，怎麼要回來？」

「我也這樣想啊！可是良心叫我一定要回來，告訴這裡的人，只要謙卑、謙卑，再謙卑、再謙卑，就能到那快樂的魔神國去的啊！」

「謙卑？向誰謙卑？好像很容易又很不容易！」

「對人謙卑，對大自然謙卑，對天對地謙卑，走上高台是為了高瞻遠矚，走下高台是為了走入魔神國，不要只知走上高台不知走下高台做個謙卑的人，只要有心什麼都容易！」

小聽眾似懂非懂，但都口口聲聲高呼：「巨人國、魔神國，膨風國，我們都想去！驕傲一番，也謙卑一番，好好玩！」

3. 天狗

從魔神國帶著使命回來家鄉的膨風大仙，有一天接獲林場來函，要他回去繼續當領班，因為林班裡再也沒有像他這樣足智多謀，且勇於任事的領導者了。雖然前次請來巨人惹禍，但天上的雲朵仍然飄飄，溪水仍然碧藍，而且滿山遍野數不盡的木材，只要搬得下山，大家都發財了！

一座座大山似的一根根圓滾滾的原木，誰動得了它？大仙我想到了「天狗」，不是月蝕的時候吃掉月亮的天狗，而是隱藏在人跡未至的深山叢林，不食人間煙火的神仙一族。

於是大仙獨自一人深入叢林尋找天狗，皇天不負苦心人果然來到一座高聳入天的大山之麓，發現一塊寫著「天狗洞」的大岩石。

「天狗仙！天狗仙！弟子膨風小弟拜見大仙。」膨風大仙學會了謙卑，雖然同是「大仙級角色」，但謙卑的他以弟子自稱。

「我天狗一族已經千萬年不問人間事，只管洞裡打坐修禪，你這傢伙怎可擅自大膽打擾我清修！」說罷，輕輕吹了一口氣，突然「咻！」一聲，把膨風大仙吹到對面山頭跌一跤。

這一跤，雖然痛徹心肺，膨風大仙卻哈哈大笑，歡天喜地說：「憑這一招，請天狗大仙一股作氣，把山上的巨木統統吹到山下製材廠，一切不就OK！」

膨風大仙爬呀爬，爬回天狗洞，跪在洞口虔誠的央求：「大仙啊！請你大發慈悲，到我們林場吹口氣，幫我們把滿山遍野的木材吹到製材廠的廣場好嗎？」

「要我出洞，免談！不過看你像是個可造之才，我收你為徒，只要歷經千年滄桑，你也能夠修得功夫自個兒吹木材飛上天，不用勞動我這老師傅出洞。」

「什麼？歷經千年滄桑？不行啊！我得馬上搬走木材的啊！拜託！拜託！幫我走一趟林場。」

「猴急，狗急，都沒用，進來吧！我教你吹氣的功夫，學多少算多少，能待幾天算幾天，我當然知道你們人類的生命有限，尤其你把同伴留在林場，他們是久等不得的。」

「大仙，您果然英明慈悲，洞察原委，那就趕快教我祕訣。」

「來！靜下心端坐在我身邊，我先教你基本龜息法。」

膨風大仙喜孜孜的坐下來，不時偷瞄天狗的模樣，高大的身材，鶴髮童顏，又大又長的鼻子垂到下顎，怎麼吃飯啊！對！千年萬年修成神仙，哪需要吃飯！膨風大仙左顧右盼，什麼食物都不見，餐具也不見，連最起碼的杯子也沒有，膨風大仙開始擔心了：「我會不會餓死在這天狗洞呢！」

「喂！心神不定怎能修得仙術！」

「是！是！」膨風大仙正正經經不再分心的端坐，隨著天狗大仙吸氣吐氣，時間一分一秒、一天兩天的過去，奇怪的是肚子都不餓，口也不渴。到了第四天、第五天，膨風大仙心急了，心想：「失蹤五天，林班的夥伴可能兵分數路尋找，並且求救警察派遣直升機，還有大群汪汪大叫的搜索犬——。天狗洞是神仙的祕密基地，曝光了後果不堪設想，啊！不妙！不妙！想到這裡，膨風大仙心急如焚，竟然不顧修習了多少功夫，急忙向天狗大仙說：「我非得趕回林場不可啊！」

「不用多說，你的心思我都明白，回去吧！雖然你連吹氣大功的皮毛都還沒沾到，不過一點點兒人間難得一見的『吹捧功夫』把材木一步步吹動捧起來是夠用了！徒弟啊！祝你一路順風。」

回到林場的膨風大仙受到全班人員熱烈的歡迎，立即著手吹捧木材，果然本來紋風不動的巨大木材，稍稍翻身滾動了，只是滾了三兩下又停止了。

膨風大仙毫不氣餒，廢寢忘食，夜以日繼，一刻都沒停下來喘氣。過了三年又三個月，堆積如山的木材都滾到溪邊了，膨風大仙也筋疲力盡累倒了，被抬到床上歇息，一歇三年三個月，當他下床回到工作場所，望著溪邊一堆堆木材仰天嘆息：「製材廠還那麼遙遠，木材啊！木材！請你長腳走路好嗎？我的吹氣功，只能從高山把你吹到山下的溪邊，再也沒有氣力在岩石嶙峋的山溪動得了你啊！」

當膨風大仙絕望的嘆氣時，忽然從天狗洞那兒傳來只有他才聽得見的聲音：「我的徒弟啊！你未免失望得太早了！大木在河邊，搬運好地點！」

聰明的膨風大仙立即領會：「喔！河運！憑我的氣功，再加水的浮力和動力，成功在望！」

當膨風大仙把一根根木材吹進水中，林班的所有人員迫不及待的踴躍跳上漂浮的木材上，像駕駛船隻似的往下游划行。木材太多了，乾脆用麻繩捆在一起，形成好大的木筏，划呀划，划向製材廠，賣得黃金千萬兩，林班的夥伴都成了富甲一方的員外。

「那大仙你呢？」

「行善濟貧，散盡錢財。」

「佳哉！要不然你怎麼還會留在這裡吹膨風，讓我們捧腹大笑！」

7 少仙妙裁判

膨風家，門前有小河，後有山坡，那河流汩汩穿過翠綠的樹林，淙淙流過廣闊的草原，匯集細流形成了溼地沼澤，還有碧波蕩漾的湖泊，清晨燦爛的陽光，泛出銀波，晶瑩奪目，黃昏岸邊柳影婆娑，平添幾分幽雅清麗的景色。

不過澎風少仙最喜愛的湖泊，真正的勝景在於悠游湖面的白天鵝和黑天鵝，牠們才是湖泊真正的主角，活潑伶俐，沉浮俯仰，姿態優美，白的、黑的，各有千秋。

可是平靜安寧的天鵝湖，有一天，黑的鵝、白的鵝，分成兩邊起了爭論。

黑天鵝說：「天鵝，本來就是最尊貴的鳥類，尤其是我們黑天鵝，貴族當中最榮耀的族群，我們高尚、耐看、有內涵，散發著王者的氣息！」

白天鵝不服氣的反駁：「不要自賣自誇，貴族裡最最尊貴的是我們白天鵝，潔白、雪亮、純真、貴氣十足！」

「嘿！不要自我抬高身價，白的膚淺、空空如也，浮雲一般沒什麼分量！」

「黑的骯髒、窩囊、黑漆漆、有壓迫感，見不得人，讓人感覺沉悶沒有活力。」

你來我往，黑的辱罵白的，白的汙衊黑的，爭論的聲音愈來愈高漲，分貝愈來愈提高。牠們號角般的嗓子，陣陣聲波震盪草原森林，草木披靡，樹葉紛紛飄落，連天上的雲朵也嚇得快步飄走。

最受不了的是湖裡、湖邊的青蛙，本來不管黑的、白的，天鵝都是牠們高貴的朋友，可是現在黑的來訴說，白的也來訴說，滔滔不絕訴說對方的不是。

爭吵聲、訴苦聲、討公道的叫囂，湖泊的幽靜不見了，勝景不再了，青蛙王子被推舉擔任調解人，眾青蛙，還有湖邊、沼澤的眾生都寄託以重任。

「所有的天鵝們，先靜下來聽我說——。」青蛙王子聲嘶力竭咕咕呱呱大叫。

可是哪隻天鵝聽在耳裡，叫囂著：「臭青蛙，干你屁事！」

「白的純潔，白的最尊貴！」

「黑的厚重，黑的有涵養！」

「尊貴！尊貴！白的最尊貴！」

「有尊嚴！有尊嚴！黑的最有尊嚴！」

「尊貴個屁！」

「尊嚴個屎！」

白的天鵝，黑的天鵝都不顧形象，口無遮攔，什麼話都罵了出來。青蛙王子竭盡所能調解，卻只有氣餒。

有一天，青蛙王子忽然想起了曾經徜徉在湖邊，讚美湖景勝於天界的膨

風少仙，「奇怪？這些日子怎麼不見氣質非凡的膨風少仙？」青蛙王子跳呀跳，來到少仙的家探望。原來少仙讀書有志氣，非第一不服！可是班上排名掉在最後一名，這些日子奮發圖強要爭取前面算來第一，哪有閒工夫躑躅茫茫湖邊。

「叩！叩！叩！」青蛙王子急促的敲門，因為牠實在焦急。

膨風少仙和青蛙王子本來就是要好的朋友，何

況少仙行俠仗義，立即跟著王子來到湖邊，驚嚇於久別的湖景如此悽涼頹廢，發覺事態嚴重，非立即解決不可，於是細細聆聽原委。

黑天鵝、白天鵝，看見有個超級人類來臨，更加瘋狂的說自己的好，指責對方的不是，噪音喧天，驚天動地，草木戚戚，烏雲密布，眾生哀號，一幅世界末日的景象。

「聽穎蓋天，舉世無雙的大法官，我們偉大的膨風少仙特地來為大家裁決是非了，請大家靜一靜！」

可是天鵝們哪會聽！更是喊破嗓子，展翅拍水，激起陣陣白浪，激情的訴說對方的不是，自己的委屈。

「你們這樣吵，再偉大的法官也無能為力，只好眼看著你們彼此傷害直到掉落地獄！」

「地獄？我不願去！」

「地獄，我不敢去！」

天鵝們聽到會掉地獄，驚恐的稍微靜了下來，於是膨風少仙站上湖邊巨大的岩石上，莊重的環視湖上所有天鵝，以嚴肅的口氣說：「翻轉！翻轉！只要你的心翻轉，你的念頭改變，就保證你能從地獄翻轉到天堂！」

「真的？」

「當然是真的！」

「我們廢寢忘食鎮日吵個不停，宛如掉在地獄，痛苦不堪啊！」

「怎樣翻轉？」天鵝們七嘴八舌的迫切詢問。

「不用急，靜下心，凝視對方，不可看缺點，要發現優點！」

黑天鵝、白天鵝，誰不怕掉進地獄，誰不想結束吵得要發狂的爭論，於是靜靜的定睛凝視對方。

黑天鵝感嘆的說：「好可愛的白天鵝，純潔善良，天下無雙！」

白天鵝興奮的說：「黑天鵝，你的嘴好甜美，吐出的盡是珍珠瑪瑙。現在我也發現黑天鵝好高貴！光澤亮麗的黑色，多麼令人嚮往！」

天鵝湖瞬間恢復寧靜優美，膨風少仙挺直胸膛說：「現在就靜靜諦聽我公平正義的裁判吧！你們爭取高尚尊貴的封號，據博學多聞，上知天文下通地理，貫通古今中外，哲學、科學、美學，無所不學的大學者我膨風大仙嫡傳獨子所知，高尚尊貴就是兼備沉默和愛語，『沉默是金』、愛語是『鑽石』啊！」

有隻天鵝不解的問：「沉默是金，我懂，但愛玉為什麼會是鑽石？」「哈哈！你聽到哪兒去了！是愛語！是存好心、說好話的愛的語言啊！」

膨風少仙清清喉嚨又說：「雖然沉默是金，不過話也不怕多！看你說的是什麼話，以愛心稱讚別人的話是高尚的，謾罵的語言是卑賤的！有這種智慧的，高尚封號非他莫屬！」

黑天鵝、白天鵝，聽了裁判的話，紛紛點頭認同，急急忙忙尋求牠們的高尚和尊貴去了！天鵝湖恢復平靜了。

湖裡、湖邊的青蛙可以安居樂業了！青蛙酋長在青蛙王子陪同下，高興的贈送膨風少仙一大束野薑花，是飄散著芳香的湖邊花王。

奇怪的是從此，山雨欲來，蛙鳴滿山谷，因為突然寂靜下來，對青蛙們來說反而不習慣，所以找個機會，下雨之前，好意提醒湖邊的人家做好防水工作，這也算是一種愛語吧！年代久了卻成為青蛙一族的情歌，給天鵝湖平添無限氤氳柔和的氛圍。

8 翻轉巧仙當市長

仙人市的兒童對選舉的活動愈來愈是冷眼相看，既然沒有投票權，干我何事！其實真正叫他們心寒的是：候選人眼裡根本沒有兒童的存在！不過今年情況大不相同，「人氣王」參選了！口號是「翻轉」。

「人氣王」是誰？當然是孩童們追著聽他敲打「膨風鼓」的「膨風大仙」，而他的助選大將竟然是學問道德涵蓋天地宇宙人間，無所不知，無所不曉的鐵口直斷「相命大師」呢！

膨風大仙一向信口開河，口無遮攔，而他敲打「膨風鼓」的場所遍及街頭巷尾，田野山間，自以為人脈豐富，因此心血來潮，突發奇想：「現代人最風光的莫過當什麼『長』、什麼『委』、什麼『員』，不管他當得怎樣，單單是選戰期間的造勢、掃街、旗幟飄揚、海報滿天飛，多麼神氣！多麼意氣風發！膨風一輩子的我，也該嘗嘗那不同凡響的滋味啊！至於選舉需要有軍師，那就找同樣大名鼎鼎的『鐵斷大師』來擔當吧！事宜速不宜遲！」

大仙匆匆忙忙找大師商量，大師屈指一算，翹起大拇指篤定的說：「眾星拱月，大吉大利！」

「大吉大利，我懂，什麼是『眾星拱月』呢？」

「還有別的，『眾星』就是圍繞你身邊的膨風粉絲，只要他們拱你，為你抬轎不就當選在望嘛！」

「懂！我懂！」

於是大仙在大師陪同下立即招集眾兄弟商議說：「今天我膨風大仙在這裡宣布一項重大消息，本市人氣大王的我，由於粉絲們的鼓舞，決定參選了！」

「選什麼？」

「選——**長**、**委**、**員**啦！」

「**長尾猿**？長尾善舞的森林之王？」

「嗨，聽到哪裡去了！是什麼『長』，什麼『委』、什麼『員』啊！干什麼猴崽兒呢！」

「既然要參選，就要確定目標，不要長、委、員，拿捏不定，沒有著力點。」兄弟們紛紛建議。

「說的也是，那就選市長，實權在喔。」

「對！市長！市長！大仙市長！」

「好！目標確定，那麼話歸正題，今天的聚會是要討論很重要的『選舉策略』，各位，發揮你的智慧，儘管踴躍發言。」

「『包裝』是策略之首，把我們大仙包裝成『聖賢』、『英雄』、『學者』、『領袖』、『豪傑』——無比偉大，金碧輝煌——。」

「嗨！什麼金碧輝煌，又不是宮殿！我認為最重要的策略是『**翻轉**』，口號要翻轉，發言要翻轉，包裝也要翻轉。」有個粉絲提議，立即獲得全員熱烈回應：「對！翻轉！翻轉！翻轉！來個大翻轉！」

可是我們大仙卻滿臉疑惑，不知所措，喃喃自語：「什麼策略啊！有說等於沒說，我是膨風大仙，天天膨風，不就是最誇大的翻轉嗎？還要翻什麼？轉什麼？」

鐵斷大師聽了安慰說：「大仙啊！他們說得籠統，具體措施容後討論，你現在只要爽爽快快答應，讓士氣大振就夠了！」

聽了大師的話，大仙仍然疑惑重重，不過粉絲們歡聲雷動，大仙能不好好回應嗎？於是口氣篤定的說：「對！翻轉！翻轉！翻轉！我們的選舉策略就是翻轉！無比痛快的大翻轉！我們同舟共濟翻轉！翻船！」

身邊的大師趕緊提醒：「翻轉，不是翻船，小心不可以弄錯喔！」

大仙表面看起來似乎輕率，隨和，其實他心裡有底：「誰能騙得了我們大仙呢！」把翻轉說成「翻船」自有他的用意，哪是大師擔心的「不小心」。

大仙心想：「翻轉，我最懂了，這個時代真的有許多該翻轉的，那就大大方方的，痛痛快快的翻轉吧！可是哪有什麼都可以翻轉的道理啊！那些不應該翻轉的，誰敢說要翻轉，我當了市長一定理直氣壯的反對到底！譬如民主哪能翻轉成專制？愛國怎可以翻轉成賣國？環保怎能翻轉成汙染？尊重生命怎可以翻轉為踐踏生靈？勤奮追求卓越怎可以翻轉成偷機取巧自甘墮落？胡亂翻轉不會翻船才怪！」

大仙暗暗的告訴自己：「我平時搞膨風，其實是在膨風故事裡暗喻人世間有些不可改變的道理呢！那是絕對不准許翻轉的，要穩若泰山，持之以恆！不過有一件事我決定非翻轉不可！那就是要當『**看見兒童的市長**』。」

大仙心意已決，對著提出「翻轉」的人不住的大喊：「好極了！好極了！就這麼辦！我們一起來翻轉吧！」

歡欣鼓舞的助選團隊絞盡腦汁，創意盡出，最後大師高聲宣告：「翻轉要看得見，首先請大仙把鞋子穿在手上，襪子戴在頭上，領帶當腰帶，旗杆當拐杖，旗子貼在屁股上，搖搖擺擺，飄飄揚揚——。」

「哈哈！哈哈！妙極！妙極！勝券在握！」

眾人興致高漲，繼續提案：「手上穿鞋，翻轉的亮點，純金打造亮晶晶，超級吸睛！」

「襪子也不能寒酸，絲綢鑲紅、藍、黃、紫，綠各色各樣寶石，賽過皇冠！」

「帽子啊！翻船形，表示翻轉的決心！」

「褲子，寬寬闊闊，畫上醒目的口號。」

「領帶嘛，長尾猿的尾巴特製，乾脆讓那猴崽子趴在大仙脖子上，耍猴戲，娛樂選民。」

「對！就這麼決定！」

選舉活動熱烈展開，大仙以特別的翻轉造型吸引了全體市民的眼光，使得其他候選人黯然失色，大師說今年是「大仙年」，果然大仙無敵手，囊括百分之九十九的選票當選，市民們無不歡聲雷動慶祝「翻轉成功」，等待大仙把膨風功夫翻轉為公平、公正、公開的市政功夫。

當上市長的大仙，興奮無比，他心目中的「市政第一」——以「看見兒童」翻轉「忘記兒童」，果然把仙人市打造成「天生的玩家——兒童玩得更聰明、更健康、更強壯，甚至『幼兒神顯靈』」的樂園。

不過最嗨、掌聲最多的翻轉，莫過我們的大仙市長自己「返老還童」了，敲的膨風鼓，鼓聲裡飄起童心童趣嘩啦嘩啦的笑浪聲，笑翻男女老少，同歡共享市政的翻轉，市民與市長相見，無不笑顏逐開，人人翹起大拇指稱讚，慶幸「翻轉巧仙」當了他們的市長。

9 彩虹尋寶團

膨風大仙說他一生得意的事情多得說也說不完，其中叫人最為稱奇的是他自誇曾經率領「彩虹尋寶團」立下曠世大功。

那一次，他來到《膨風版鏡花緣》的〈貪婪國〉。

貪婪國王的嗜好不用說，當然是蒐集錢財寶物。凡是世間上找得到的，不管是黃金、珠玉、珊瑚、瑪瑙、古董、寶劍、名畫、奇石、奇木，無不在收藏之列。很多臣子為了討好國王，也四處打聽哪裡有寶物或寶藏，如果尋寶有功，升官發財少不了。

有一天，國王暗自思量：「憑著這些愛拍馬屁的臣子，各自到處打聽，不如設置一個專門機構，聘請學者、專家、探險家，作科學的研究，有計畫的尋找，必然效果百倍。」

不久，「國立尋寶院」隆重掛牌，歷史文獻、鄉野傳聞、盜墓探案，先進科技當然都派上用場。還派遣一批又一批的挖寶隊伍，上山下海，無處不挖，可是卻一次又一次希望落空。

國王的耐心到了極限，把院長叫過來訓斥一頓，限時發現寶藏，否則全院的人都打入地牢等候處決。

被稱為全國最夯的機構，瞬間變成最慘的地獄，每個院士都愁眉苦臉，相對無言。就在這時候，來到貪婪國入選「國立尋寶院」院士的膨風大仙，突然打破沉悶的空氣，響亮的拍了一下桌子說：「有！我有辦法！」

正當無計可施，情緒低落的時候，綽號「鬼靈精院士」的膨風大仙，這一喊，猶如春雷初響，陰暗的房間照進了陽光，大家都驚喜的盯著鬼靈精院士，一心一意，注目凝視，屏息等待他的下一句。

「地上人間，凡是有線索的我們都挖得稀爛了，如果想要有新發現，必然往天堂、仙境，或魔界探勘了！」

「怎麼可能！」

「哪裡著手？」

「不怕觸犯天仙的禁律或觸怒惡魔？」

大家議論紛紛，認為絕對不可能，可是鬼靈精院士卻篤定的說：「寶藏，有記號，也有線索。」

「不要亂扯喲！難道你是膨風大仙？」

大仙唯恐被看出底細，趕緊堂而皇之的拍拍胸脯說：「彩虹就是！你看它珠光寶氣，不是沒有原因呢！它跨著雙腳形成拱橋，那就是記號，在橋墩底下，天仙埋著無價的寶藏。」

七嘴八舌愈說愈興奮，愈討論愈有見解，院長綜合大家的意見，決心放手一搏，進宮朝見國王，憑三寸不爛之舌，說服國王，讓全院人馬組成「彩虹尋寶團」，走出野外追逐彩虹去。

可是詭異的情況連續不斷，尋寶團一腳趕到彩虹橋下，彩虹竟然立即拔腿跑給你追，看似追到了卻發現彩虹還在遠遠的前方。

尋寶團不死心，窮追不捨，終於追到平原的盡頭，是高聳入雲的山崖，整座山都被黑壓壓的森林所覆蓋。

「前去無路，後退無所交代，怎麼辦好呢？」院長仰天嘆息。

「這是早就料想得到的狀況啊！此地，看似窮途末路，然而希望的實現已見端倪！」鬼靈精院士一副心安理得的模樣。

「黑暗的森林，高聳的山峰，連貪婪國王都不想要的土地，猛獸、毒蛇、瘴氣，踏進去了！是禍？是福？誰笨得料想不出？」

「那當然！我早料出了，森林是取之不盡的寶庫，是懷抱沃土的母親，是我們藏身的隱密國土。」鬼精靈院士從容不迫地繼續說：「讓貪婪國王誤以為我們失蹤了，甚至以為全軍覆沒了，我們就可以在這裡安居樂業！」

「對！放出假消息，讓國王誤以為我們真的失蹤。」院長頻頻點頭，肯定鬼精靈院士的計謀。然後環顧眾人說：「誰願假裝唯一的生還者，扮著狼狽的模樣回去，把假消息傳給國王？」

隊裡的馬拉松勇士——擔任鬼精靈院士助理的膨風少仙挺身而出，回皇宮說：「探險隊進入森林不久，遭遇毒蛇猛獸攻擊，死的死，逃的逃，潰不成軍，只有我拚命跑回來報告消息。」

國王聽了，毫無憐憫的表情，一聲「該死！」，然後說：「膨風也要膨風得有道理，以尋寶團的裝備，對付毒蛇猛獸足足有餘，不過他們還是死定了！本朝開國大帝，早已勘查過，並且告誡子子孫孫切勿進入森林，因為森林那方是深谷，谷裡毒龍吐著毒霧，大帝屢次派兵屠龍不成，只好下了毒誓，不再冒犯毒龍的國土。」

馬拉松勇士聽了，很是為尋寶團的成員擔心，沮喪地走出皇宮不知往哪裡好，正走投無路時，抬頭看見掛在山邊的彩虹正在向他微笑，似乎在說：「追著彩虹尋寶，不就是懷著美好的希望勇往直前嗎！深谷裡的龍，對貪婪無厭的人吐毒霧，對懷抱理想的人吐的是甘美的霖雨，你趕緊追著彩虹歸隊吧！」

少仙一路望著燦爛的彩虹，勇氣百倍，悄悄回歸隊伍，接受隊員們英雄式的歡迎，把完成任務的經過一五一十向大家報告。

院長肯定的點點頭說：「希望的彩虹，把我們帶到這兒來了，接下來該是我們自己拿定主意了！」

「勇往直前，耕耘新天新地，建立沒有貪婪、沒有煩惱、沒有妄想，只有互助合作的平安樂土！」齊聲歡呼中，尋寶團尋找他們真正的寶藏——甘霖滋潤的沃土！而大仙、少仙一路帶頭領先。

小朋友們鴉雀無聲，聽得入神。他們不問也知道建立大功勞的大仙和少仙，為什麼不留在理想國享受榮華和富貴？千山萬水迢迢回到山中寒村，口沫橫飛，滔滔不絕繼續膨風？還不是為了讓大家捧腹大笑，笑得淚都流出，而在淚珠裡看見絢麗光輝的彩虹。

10 神遊天河

少仙的家在偏遠的農村，卻有個十多家聚在一起的小部落，家家戶戶有小庭院，更有公共的大晒穀場，這廣場是孩童們夏夜的遊樂場，玩累了，躺著或坐著望夜空，那閃閃爍爍，晶晶亮亮，數也數不盡的星星，最能帶著孩子們走進遐思的世界。

有個夜晚，少仙異想天開的指著那拖著明亮的尾巴，劃過夜空的彗星說：「看哪！那是天河之神的『龍舟』呢！」

當大家感到驚奇的時候，少仙又神祕兮兮的說：「告訴你們一個祕密，上回我還踩著火金姑們架好的船橋，搭上龍舟到天河暢遊一番呢！」

沉醉在繁星與流螢彼此相連那奇景的玩伴們，不由得興起濃濃的好奇，靜靜傾聽少仙的「天河神遊記」。

忽然一顆彗星滑落我身邊，不！是一艘燈火燦爛的龍舟駛近眼前，船上身穿錦衣，雄糾糾、氣昂昂的天兵，露出親切的笑容招呼我上船。

起初我遲疑不前，天兵們卻笑容滿面招呼：「來吧！乘龍舟遊天河去！是天神特地派遣我們來接你的啊！放心，遊罷天河，我們還會送你回來的，保證是來回票，絕不會一去不復返。」

好奇心驅使我一躍上了船，那是舒適平穩，卻超光速的太空船，我驚奇的張望四面八方，晴空萬里，無風無雲，瞬間已到達如夢如幻的天河水面。水是透明的，清澈可見底，水裡五彩繽紛的魚兒穿梭，抬頭仰望，彩鳳飛舞，黃鶯、雲雀歌聲悅耳，水裡的、天上的，都跟你相見兩不厭。

不一會兒，眼前出現一道彩虹橋，橫跨銀河兩岸，岸與岸之間一絲絲彩帶相連，正擔心龍舟的航路受阻時，突然看見彩帶上出現美麗的天女，蓮步輕挪，笑顏逐開，輕聲問候：「親愛的少仙，歡迎你來到天堂門，請問翻轉了你的心念了嗎？」

「翻轉什麼心念？」我聽得一頭霧水。

天女笑咪咪的說：「『翻轉』不是你們人間很普遍的流行語詞嗎？尤其是『翻轉的創意』更是人人掛在嘴上的口頭禪，爛透了的話語，難道你沒注意？」

「對啊！我們什麼都在翻轉，教室裡的主角不是老師而是我們學生，不是我們要敬師，而是老師要尊重學生，不是我們要孝順父母，而是父母要百般順從孩子，翻轉超好玩，我們怎會不懂！可是翻轉什麼『心念』，我不懂！」

天女又笑容可掬的說：「不懂沒關係，不過我得先問你，你們人世間的翻轉，你覺得幸福嗎？」

「好玩而已，一點兒都不覺得幸福，相反的還覺得怪怪的，老師不可敬，學生不可愛，爸媽不慈祥，孩子不乖順，正面的思考不稀奇，反轉顛覆才是創意，奇奇怪怪，不知幸福在哪裡？」

「好佳哉！你來到了天堂的彩虹門前了，只要一過此門就會喜氣洋洋、幸福滿滿，只有快樂沒有煩惱，享受心念翻轉的愉快。」

我望著彩虹門詫異的問：「可是眼前的彩虹，連門兒都沒有，怎麼過門去呢？」

「問得好！彩虹沒有門扉，更沒加鎖，但如果心念不轉，休想通過那看似柔軟卻是強韌的彩帶關口，不過天神吩咐要我拋給你轉動『心鎖』的鑰匙！好好接住喔！」

天女舞動衣袖，於是一支閃著金光的鑰匙，像一隻飛舞的鳳蝶，隨著悅耳的天樂，飄飄然落在我手上。

好奇妙的鑰匙，一接到手，絲絲彩帶散開，突然覺得心花怒放，心曠神怡，心胸開闊，尤其是心眼亮了，看見河邊的砂竟然全是晶亮的寶石，草木開著微笑的花，天空飄著五彩的雲，一群天女從高聳的雲霄殿裡唱著歌，舞著羽衣，曼妙的輕步走過來，迎接轉了心念的我。

「多美的天堂！」我不禁接二連三發出感嘆聲。

天女說：「不用驚奇，你回轉到純淨的赤子心，口出真實的話語，等於句句吐出寶石和麗花。膨風少仙，天人很清楚的知道你們父子檔的膨風，是叫人笑出眼淚，而在眼淚裡映出彩虹的膨風，是回歸真善美本性，完全沒有心機的良心話、真心話，是人間的鹽，看似沒什麼學問，卻是不可或缺的滋養。」

聽了天女的話語，回想起這些日子來，每當大吹大擂膨風鼓，都贏得朋友掌聲、笑聲，甚至眼淚直流，更是感動得眼眶紅紅。

接著從凌霄殿響起悠揚的天樂，一聲號令天兵列隊嚴整，殿門敞開，花傘般的華蓋大轎徐徐出現，喔！是天神駕臨。

天兵司令說：「少仙，還不趕快過來拜見天神，聆聽叮嚀。」

我哪敢怠慢，又驚又喜，抬頭挺胸，立正洗耳恭聽。

慈祥和藹的天神以莊嚴裡帶著親切的語氣說：「首先我要問少仙，你喜歡不喜歡天堂？」

「喜歡！」我毫不遲疑高聲回答。

「那我的叮嚀只有一句話：把天堂帶回去！帶回你們的人世間。」

我一聽，大感驚奇，詫異的問：「天大地大不比天堂大，怎麼個帶法？」

「哈哈！就叫大仙少仙你們父子檔的膨風，叫人笑出映出彩虹的眼淚，淚水氾濫成河，天堂隨流到人間不就得了！哈哈！就這麼簡單。」

「喔！原來如此，怪不得你們父子檔總是大吹大擂膨風鼓，樂此不疲！原來是要叫人笑出泛濫成河的眼淚，讓天堂隨流到人間！」大夥兒恍然大悟。

少仙滔滔不絕的「天河神遊記」，讓同伴們聽得樂不可支，那笑聲的浪潮似乎已經把天堂帶到人間。

第二輯
開心國萬歲！

1 開心智慧班

班上有個「可憐小龜龜」，怎麼可憐？怎麼來的綽號呢？。小龜龜的爸爸是村子裡無人不知的「膨風大仙」——張三。

張三，走遍江湖，是個能言善道的小商人，勤奮行商，頗有積蓄，取個美嬌娘為妻，更是春風得意，哼著歌忙著幹活。

張三總是得意的說：「我過的橋比別人走的路多」，因此自吹自擂，笑話百出，自然而然人家給個封號：「膨風大仙」。

當他的新娘子十月懷胎，順利分娩，生下盼望中的兒子時，膨風吹得更是令人捧腹大笑。左鄰右舍為了聽聽天底下難得一聞的「大笑科」，又開心又好奇的紛紛前來「道賀」。

「你們看看！我兒子頭大面四方，博士相啊！還有瞇瞇的眼、甜甜的笑，明星臉啊！喔！粗粗的腰、寬寬大肚，彌勒再世，阿彌陀佛……。」

笑聲連連時，大仙更是自我陶醉的繼續說：「看啊！我兒子雙腳猛踢猛踹，雙手猛搖猛甩，是奧林匹克十項全能金牌獎得主的徵兆喔！」

左鄰右舍看張三那得意忘形的模樣，不禁哈哈大笑：「活生生的嬰兒嘛！當然會踢踢扭扭，不動才怪！」

「咦！怎麼臉紅紅的？是紅孩兒！神功、仙功、膨風功，一概俱全，更青出於藍，而勝於藍！是繼承我大仙的不二人選，哈哈！太好了！」

「張三，你兒子是紅孩兒，那你就是放蕩不羈，無惡不作，無牛不吹的牛魔王囉！小心帶壞你的心肝寶貝！」

「嗨嗨！擔心什麼，觀音菩薩愛他，是菩薩身邊的善才童子、微笑男童啊！不過言歸正傳，我這做爸爸的，一定要給兒子取個響叮噹的好名字，將來輝煌騰達、大富大貴、耀祖榮宗、造福社會、轟動武林、膨風名揚世界！」

「何必費心取名，大仙的兒子，叫『小仙』不就得了？」有人建議。

大仙點點頭：「我大仙的兒子嘛！當然是小仙，不對！怎麼可以說小，該叫少仙才好！正式的名字叫張一，不對！怎麼比我張三大了！」

「叫張二好了！」

「開玩笑，還不是比老爸大，乾脆花錢請高明的師傅命名好了！」

於是張三小心翼翼的拿著兒子的生辰八字，找上又相命又命名的「鐵口直斷大師」。

「先看五行再說。」

「五刑？拷打、灌水、火燒、針刺、凌遲，那還得了！」張三嚇得轉身要跑。相命師趕緊說：「五行啦，金木水火土，取名補足缺少的，命運才會暢通亨達，你到底在怕什麼？」

「喔！原來行不是刑，沒在怕，快說說怎麼補五行？」

「欠金的，取名金川、金河、金山、金海、金寶、金國、金龍、金不完，欠木的取名大木、鴻木、金木、主木、宏林，其實只要木字旁就夠了，如長楓、永樟、興桂、秦檜——」

「等一等，命名秦檜，不怕被灑尿潑糞？」

「舉例而已！別緊張！欠水的取名水泉、水全、水美、水湖、水龍、淼湖，其實只要水部都好，如金波、錫洋、洪福、海洋，水流潺潺——。唉！我說到哪兒去了！再說欠火的吧！火炎、火盛、炳炘、炳耀、熾熛、焜燐、輝煌，還有烏魯木齊——。」

「瘋了是不是？烏魯木齊！」

「『烏』也是火部啊！」

「重點是我兒子欠什麼？」

「什麼都欠，什麼都不欠！取個名字，把金木水火土都大量灌進去吧！」

「那就乾脆把你剛才所有名字都給取！」

「不怕囉囉長？而且我命名一字千金！」

「錢算什麼！命好要緊！」

「那我就給取個無比完美的名字『恆河砂金京兆木億萬水旺旺火遍地土』好了！你看，金木水火土，不都統統無與倫比的旺盛啊！」

「恆河的砂金好嗎？京城的樹木好嗎？」大仙不解的問。

「恆河砂金是神仙也數不完的黃金，京兆是無窮大的數字啊！」

「我懂！我懂！不過別人不懂！」

「那麼改為『鑫森淼燊圭』五行皆昌旺如何？」

「好是好，太俗氣，還是『恆河砂金京兆木億萬水旺旺火遍地土』來得有學問。不過——不過——」

「不過怎樣？」

「落落長的名字，好奇怪！那就『鑫森淼炎圭』好了！豐盛的金木水，不會火氣太大，又不會土里土氣的炎圭，好極了！」

「不虧是大仙，有見識！那就定案囉！」

孩子長大了，上學了，在班上竟然是個可憐蟲！考試了，別人寫考題，他光是一筆一畫，寫五行旺盛的名字，時間就比別人花得要多，太辛苦了。

老師同情他，建議說：「張鑫森淼炎圭啊！，你不必把名字寫得落落長，只要寫『張鑫』老師就知道是你的考卷。」

張鑫森淼炎圭，一聽，太高興了，照著做。可是考卷一帶回家，爸爸張三一看，竟然火冒三丈，怒氣衝天，立刻趕到學校向老師抗議：「你敢叫我兒子，把好兆頭丟了大半，萬一他變成什麼都沒有的窮光蛋，你賠得起嗎？」

當然，張三的兒子又變回班上的可憐的小龜龜。有一次母姊會，媽媽聽見所有同學都叫他兒子「可憐的小龜龜」，詫異地向老師詢問。媽媽知道兒子的可憐處境，一回家就大嚷：「爸爸！你害苦了我們孩子變成班上的『可憐小龜龜』呢！」

張三焦急萬分，趕緊再找相命師想辦法重新命名，這回張三要求一個字，或兩個字能包含一切福氣的名字，而且筆畫愈少愈好。

「哈哈！其實我早就料到你還會再來找我，所以已經想好腹案等著，但得先告訴你，一字也好，兩字也好，要千千萬萬喔！」
「錢算什麼！命好要緊！」
「絕對不能賴帳喔！」
「等等！你說千千萬萬，還得了！那我賣田賣地都不夠給，難道要我連老婆、兒子都賣了？」
「張三，你誤會了，千千萬萬說的不是錢，是提醒你，千千萬萬不要在意名字，這只算是個符號，不要給你兒子帶來那麼多的麻煩。」
「喔！這我就放心了，那這回你給我兒子取什麼名字？」
「一個字『千』，或兩個字『益三』。」
「張千、張益三？」
「對！」
「是大千還是小千？是益什麼三？」
「管他大千、小千！一粒粟是三千大千世界，整個宇宙也是三千大千世界，煩惱是多餘的！」

「聽起來霧煞煞，請再說什麼是『益三』？」

「是有益於你『三爸爸』，不過重要的是——」

「三個爸爸？」

「咳！想到哪兒去了，不是三個爸爸，是張三你這個爸爸。不過重要的是——」

「我懂了！謝謝！原來是有益於我這個爸爸啊！就這麼決定了！我兒子改名不換姓，叫張益三。」

張三興高采烈告辭大師，一路上望著藍天白雲，哼著歌踩著輕鬆的腳步趕路回家，一不小心跌進一個窟窿，四腳朝天，迅速爬起，雖然沒有受傷，卻心裡怪怪的，自言自語：「咦！不吉不利！怎麼這時候跌倒？可能是我沒聽完大師的話，轉身就走，所以被神明處罰！」

張三急急忙忙折回，恭敬的問：「大師，您剛才說『重要的是——』是什麼呢？」

「好佳哉，你回來了，有益於爸爸當然好，但更重要的是要成為有益於

『真善美』、『智仁勇』、『天地人』等德行和智慧的人才好啊！」

拋棄五行旺盛的名字後，少仙果然不再是可憐小龜龜，而是個像爸爸一樣，逗人開心的「膨風仙」了，笑口常開的他人緣好，智商也提升，許許多多出類拔萃的膨風，不但讓人捧腹大笑，笑得眼淚直流，而淚水裡映出智慧的彩虹。那是開懷的彩虹，吉利的彩虹，因此這個班有了一個特別響亮的班號——「開心智慧班」。

2 魔生，我的朋友

皎潔的秋月，緩緩地在遼闊的夜空悄悄挪移腳步。明明才在楓樹右端，不一會兒，就在左端了，不一會兒，又挪移到另一棵樹的頂上了。

「圓圓的月兒啊！任憑你在夜色朦朧，遼闊無邊的天空，浪漫地徘徊徜徉，但請你不要把時光也一起帶走啊！」

「咦？是誰？」當少仙陶醉夜公園朦朧的月色時，無意間聽見很細微，卻很清晰的自言自語。

「是我！魔生！」

公園最隱密的樹叢傳出了回應聲，少仙驚奇的靠過去觀察。

「不用客氣，鑽進來吧！裡頭再舒服不過了！」

少仙一聽那親切的招呼聲，情不自禁的穿過密密麻麻的枝葉，擠身樹叢裡去。

「呀！是荊棘！」原來枝葉中還有一層長著刺的蔓藤，少仙有點兒畏縮。

當他想退出時，裡頭又有聲音：「什麼荊棘，是玫瑰！過了門檻就是華美的玫瑰宮！」

少仙好奇的被勸進，果然另有洞天，仰望洞頂，紅、黃、白、紫，濃淡不一的各色各樣玫瑰花，五顏六色，裝飾了藝術屋頂，生氣盎然的新芽、稚嫩可愛的花蕾，綴滿了樹洞周圍，多麼神奇的空間。

移目室內，是精緻的書屋，空間雖小，書桌、書椅、書櫥，擺設清雅宜人，一個膚色黝黑的，跟少仙年紀相彷彿的少年，閃爍著犀利聰慧的眼神直盯著。

少仙詫異的問：「你是誰？」

「我是魔生。」

「魔生？奇怪！我聽說過魔神或書生，卻沒聽說什麼魔生。」

「其實一點兒都不奇怪，我是魔神的後生（兒子），而且又飽讀群書，當然是魔生囉！」

「魔生？會捉弄人嗎？」

「當然會！不過是好意的捉弄，對人有益！」

「好意？有益？我不懂！」

「不懂是正常，我舉個例子，前些日子有個媽媽辛苦的給孩子做了個剛學會的『奶油紅豆芝麻仙桃』，香噴噴的，結果呢？孩子嫌那仙桃是假的，要爸爸去天上蟠桃園摘回真的，還氣憤的把餅扔進了垃圾筒。咳！隔天我趁他作夢邀請他來這裡，讓他滿意的大吃我為他特製的仙桃餅，吃到一半叫他夢醒，發現那餅其實是一朵牛糞。」

「他給你整慘了！你是不是也要捉弄我？」

「不！我不捉弄你，要你當我的線民。」

「線民？是抓耙仔，我才不要！」

「我心急口快，說錯了，是資訊顧問。」

「那還差不多，你要什麼資訊？」

「村子裡最要不得的人是誰？譬如說，明明欺負人，被欺負的又不敢吭聲，吃人夠夠的那種人。」

「有！高利貸典當伯伯！」少仙順口俐落的說，可是說了又很後悔，因為不知道魔生要怎樣整他。

有一天晚上，典當伯伯酒喝得爛醉，通過公園要回家，靠近樹叢旁邊時，忽然看見一個黑衣壯漢擋住去路，伯伯不由得打個寒顫，醉意都消散了，本能的反應是溜走，可是才邁開腳步，壯漢立刻說：「站住！你不是高利貸典當那傢伙嗎？」

「是！是！」

「聽說你生意做得滿大的，是不是？」

「是！是！可是都沒有現金！」高利貸直接的反應是怕他借錢。

然而壯漢卻噗嗤笑了一聲說：「放心，我又不是要借錢，反而要把金子寄放你那兒呢！」

「喔！好的！好的！」典當伯伯心裡暗自歡喜。

於是壯漢從隱蔽的樹叢地洞，搬出了三個箱子，打開蓋子一看，全是滿滿的發亮的金條。

壯漢說：「今夜我就要遠行找可敬可畏，武藝高強的仇人決鬥去，這是我一生的寶藏，由你託管，過了今年，萬一我沒回來，就全屬於你的。」

「好！好！好的，我一定妥善保管，你放一萬個心！」高利貸典當伯伯，想不到有這樣好的差事，高興得想放聲大笑。

三箱金條，發大財了，可是好重喔！黑夜裡汗流浹背，氣喘吁吁扛回家，一到家門，得意的、威風凜凜的大喊：「開門！開門！老爺回來了！」

老闆娘嘀咕著：「急什麼啊！來啦！來啦！」一開門，嚇了一大跳，眼前的老爺，抬著三塊大石板，是公園鋪路的那種石板，頭髮散亂，滿頭是汗，這到底是怎麼一回事呢？

「老婆，我們發啦！發財啦！你看，我扛回了三大箱金塊！」

「什麼金塊？是石板啊！公園裡的，你偷了公物，不怕被追查？趕快趁天還沒亮，扛回原位去啊！」

典當伯伯呆呆的盯著卸下來的三塊石板，懷疑自己怎麼有力氣扛回了它們？正疑惑的時候，老闆娘發號施令了：「呆在那兒幹什麼？快扛回去啊！」

典當伯伯驚醒了，雖然全身軟趴趴，還是鼓起勇氣拿出所有吃奶的力氣扛了起來，撲倒又爬起，站好了又跌倒，顛顛倒倒，總算把石板扛回了原位。

典當伯伯越想越生氣，不住的發誓：「那萬惡不赦的惡徒，我絕對不原諒你，一定要找到你，狠狠的報復！」可是典當伯伯又不知道那壯漢的底細，於是抱病出門請教村裡通鬼神的茅山妖士。

「呀！你碰上魔生了！他是魔神調皮搗蛋的小兒子啊！天底下沒人治得了他，除了我茅山妖士。」

身為魔生資訊顧問的少仙，聽了妖士的豪語，緊張的跑來把消息告訴魔生，他點點頭說：「果然又對上他了，先下手為強，不過我不能現身，好朋友，請你代勞，把這張符咒悄悄貼在茅山妖士家，門旁的石獅子頭上。」

魔生說罷，遞給少仙一張小卡片，一看，是普通的尪仔標，上面的圖案是神氣活現，踩踏風火輪的三太子。

正當少仙若無其事的來到掛著「驅魔趕鬼」招牌那家門口，恰好看見典當伯伯匆匆忙忙進門去，少仙趁著門外無人，不偏不倚，把尪仔標貼在石獅子頭上，然後偷偷躲在附近路樹背後觀看。

過了一會兒，妖士大喝一聲：「調皮小子，果然不請自來，看招！」

妖士一身道袍，掄著一丈八的大關刀，直向尪仔標突變的幻影砍來，不偏不倚，砍的竟然是石獅子，鏗鏘一聲！刀斷兩截，人撲倒地，隨後而來的典當伯伯嚇得昏厥，尪仔標飄然回到少仙手裡，一看，是開懷大笑的魔生那俏皮的影子。

3 膨風父子檔

1. 聰明丸效果好

膨風少仙乳名「阿達達」，因為一直不會說話，只會：「阿達達——」的發音，傻傻的，好叫人擔心。

還好，他爸爸膨風大仙，從冰天雪地帶回「聰明丸」，醫治了兒子阿達達的智能不足。那就是初冬時候，到北方神祕的聰明大山，尋找獨一無二的聰明聖樹，忍著凜冽酷寒在樹下等候，當葉片結了厚厚的冰霜，承受不住重量飄落時，把冰霜連葉片撿起，託極地冷凍宅速配，一路快速運到家。

回到了家，樹葉解凍，釋出聰明氣，趕緊叫阿達達拚命的吸，果然愈吸愈聰明。於是販賣「聰明冰丸」成為爸爸的生意，阿達達是個活廣告，供不應求，很快富甲一方，名聞遐邇，而阿達達也改稱「少仙」，不再傻傻了。

有一天，少仙在門口獨自遊戲，突然來了個陌生人，問：「小朋友，膨風村在哪裡？」

「在這裡。」

「那麼膨風村號稱大仙的傢伙，他家在哪裡？」

「在這裡。」

「喔！你是他的——」

「兒子。」

「爸爸在家嗎？」

「不在。」

「哪兒去了？」

「去找絕頂聰明的人當學徒，爸爸本來是教國王膨風的，但國王笨死了，教不來，所以想找可造之才傳衣缽。」

「媽媽呢？」

「到瑤池陪天母娘娘泡澡。」

「喔！我是西方不敗膨風大王，正想找你爸爸較量，較量，打敗他，好取代為國師。」

「真不巧，我爸爸很忙。」

「忙什麼？」

「今天一大早，帶著三炷香，幫國王祈求國泰民安，我爸爸是大祭司，如果不是通天通神的我爸爸祭祀，達人國會連連風災、水災、震災，像遭遇幾百艘航空母艦載著戰機、飛彈、火箭攻擊，瞬間毀滅。」

「真的？」

「當然真的！我爸爸出門時叫我在這裡，邊玩邊等，會有一個要跟爸爸較量的笨蛋來，他迢迢遠地來，一路餓著肚子，叫我一定好好招待他吃飽。」

「說來我肚子真的好餓喔！吃的東西在哪裡？」

「在這裡。」

「牛糞？」

「不是牛糞，是紅龜粿，我已經連吃六七個了，留下一個給你，不用客氣！」

「哈哈！未免太過分了吧！膨風也要有程度！」

西方不敗的膨風功夫敵不過少仙，回頭悄然離開。

爸爸回來了，問少仙：「有人來過嗎？」

「有啊！我說爸爸媽媽都不在。」

「後來呢？」

「我說爸爸是國師，去當國王的大祭司。」

「嗯！這還差不多，不愧吸了那麼多聰明氣，那你又怎麼說媽媽呢？」

「說她到瑤池陪天母娘娘泡澡。」

「妙！絕妙！膨風得好極了！不愧是少仙啊！」

2. 樍上蛇妖

爸爸眼看少仙膨風過人，不再找徒弟，一心一意栽培他。不過上學了，同學都說：「膨風算什麼達人！太扯了！」

回到家吵著爸媽要另外學才藝，爸媽送他到戲班學戲。吸足了聰明氣加上刻苦用功，幾年修學，果然是戲班台柱，扮演打虎的武松，威風八面，令人嘆為觀止！少仙也以為自己是天下第一英雄，誇說哪裡有暴虎，一定施展絕技一手擒來當馬騎。

有一天傍晚，少仙來到景陽崗，看見山邊一家酒店，門口豎著「三杯不過崗」的旗幟，興奮的進去吆喝一聲：「上等美食，儘管端上來！」

老板恭敬的問：「客倌，不來一杯嗎？來到景陽崗不喝酒，不會遺憾嗎？」

「打虎譬如開車，細心要緊，怎可酗酒！」

「一杯兩杯，不超過三杯，有助神威。」

「少囉唆！送上一大鐔，最好的！」

「好，馬上送來。」老板喜孜孜的叫店小二備辦。

少仙飽食一餐，結了帳，抱著滿滿一罈酒就要走。老板趕緊阻止說：「客倌，夜色已深，今晚在此歇一宿，明日再過崗。」

「擔心老虎嗎？大可放心，我練就一身絕技，就是要對付老虎的，越凶的越過癮！這罈酒是慶功酒，到時一飲而盡！」

老板說：「崗上的老虎都被蛇妖吞啖了，再也不見虎影，有的是比老虎更凶的蛇妖惡魔啊！」

少仙大笑說：「管他什麼妖什麼魔，今晚我槓上了！」

老板目送狂妄的酒客遠去，幽幽地說：「崗上又要添加一個冤魂了，真是罪過啊！」

山崗上森林茂密，黑壓壓的一片寂靜，還下著滴滴答答的雨。還好不久發現前方有棟木屋，門虛掩，一推就開，有火爐，有柴木，點燃起來烘乾衣物。突然嘎！一聲，門開了，站著一位白髮蒼蒼，兩眼炯炯的魁梧老人，邊吐著紅舌邊說：「是誰？膽敢侵入我的別墅。」

少仙心想：「這老怪，難道就是蛇妖？多醜啊！我原本還以為是白娘娘或小青那樣惹人愛憐呢！不過糟的是對付大蟲的絕技，遇到長蟲，派得上用場嗎？」

還好，聰明丸使少仙巧智頓開，小心翼翼的回應說：「對不起，遇到下雨，讓我烘乾衣服就走，好不好呢？」

老怪暗暗的想：「送上門的晚餐，不好好享受是傻瓜！」於是爽快的回答：「當然好喔！」

「餐前美酒，人生一大享受！」少仙打開酒罈，讓酒香四處飄逸。

「哇！好香！好醉人！」老怪一幅陶醉嚮往的神情，快步過來就要奪

取酒罈。

少仙把酒罈藏在背後說：「且慢！有酒也得有肉，不是嗎？」

「當然！你就是肉，不過你既然已送酒，暫且免你一死，昨天一個獵戶，想用二手菸燻死我，我先機制人，用尾巴挑走他嘴上的菸斗，迅雷不及掩耳，張開血盆大口吞下他，現在肚子還撐得很，只要醇酒助消化！」

「喔！你愛酒怕菸？」少仙掩嘴偷笑，心想：「在我來說，飯後一根菸快樂如神仙啊！」聰明絕頂的他，繼續靜聽蛇妖打開的話匣子。

「對！有一次，七八個獵戶一起抽菸，把躲在草叢的我，燻得大睡三天，差點兒醒不過來。」蛇妖說到這兒，突然發覺不對勁，懊悔的說：「我怎麼把自己的罩門都洩漏了！本來知道的非死不可，不過已經答應暫時免你一死，就來個交換條件，你也說說你的罩門，算是扯平了。」

「我，天不怕，地不怕，就只怕金銀珠寶。」少仙一本正經的說。

「這就奇怪了，金銀珠寶是我的最愛，其次才是美酒香肉，蛇洞深處是我的寶藏。我倒想聽聽你怕金銀珠寶的理由。」

「多少人你爭我奪，互相殘殺，都是為了它，我一見那濃濃血腥味的金銀珠寶，就頭暈嘔吐，死去活來，痛苦萬分！」少仙煞有介事的說，讓老妖怪聽得直點頭。

3. 膨風萬萬歲

那天夜晚，老妖怪醺醺大醉，夢語連連，少仙乘機遠離，平安過崗。黎明時分來到另一頭的山村，遇到的村人無不感到萬分驚奇，並且述說蛇妖危害人命，打家劫舍的惡行，少仙聽了義憤填胸，決心除妖。

於是請村子裡的鐵匠打造一根大菸槍，不！是大菸砲，像加農炮那樣的大砲，又請菸廠特製一根又一根的大捲菸，用牛車，不！是戰車，由年輕力壯的菸砲隊員護送上山，找到大蛇洞，趁著蛇妖酣睡不醒，大夥兒對準洞口吞雲吐霧，裝滿大砲發射。很快的燻死了妖魔。

凱旋回村的少仙，受到四面八方來的人群，英雄式的擁戴，高歌歡呼。

那天夜晚，少仙留宿村人特別為他準備的貴賓樓，享受國王級招待，安詳入眠。可是到了夜半，臥室門扇突然被一陣怪風吹開，隨後老怪出現，雖然傷痕累累，氣喘吁吁，卻背著一袋大到不能再大的包裹。

老怪滿面怒氣，以尖銳的聲音大罵：「小傢伙！你敢違背誓約，謀害於我，我只好以牙還牙，看你受得了嗎？」

「咳！你沒死？」

「千年的修行，難道承受不了你小小的狡計？太小看我了！」

其實少仙心裡又喜又憂，喜的是少年時代想當「散財童子」的夢想就要實現了，憂的是不知老怪還會使出什麼狠毒的手段？

當爸爸富甲一方時，少仙很想把錢分給沒錢的朋友，也真的這麼做了，可是每次爸爸知道了，總是怒氣衝天，甚至把他綁起來痛打一頓說：「你想當散財童子嗎？還早哩！」

現在眼見老怪沒死，卻帶來一大袋金銀珠寶，要白白送給他，怎不叫他高興得要跳起來呢！可是心底的「聰明氣」告訴他，一定要掩飾心中的興奮，假裝真的很害怕金銀珠寶。

「喔！請手下留情！」少仙拿出演戲的本領，全身發抖，面色鐵青，喃喃祈求：「不要！不要！我不想死在金山銀堆裡，也不想埋葬在珠寶塚啊！」

「是你自作自受！怪誰！」老怪說罷，掏出袋裡的金銀珠寶，直向少仙拋擲，叮叮噹噹！鏗鏗鏘鏘！如豪大雨般直落少仙身上。

「哇！好難受喔！再多一點點我就死定了！」少仙拚命哀叫。

「再多一點嗎？那還不容易！」

老怪忽然現出原形，是長如天邊的彩虹，粗如井圈的大蟒蛇啊！大蟒蛇把尾巴伸向山上的蛇洞，掏出金銀珠寶，再以彩虹橋送到蛇口，然後噴水般，把金銀珠寶噴向少仙身上。

「這狡猾的傢伙，怕金銀珠寶，一見就頭暈、嘔吐，死去活來，這下子該一命嗚呼了！」蛇怪又變回老翁，哈哈大笑著揚長而去。

少仙從沉重的金銀山、珠寶堆裡奮力爬了出來，心想這下慘了！一定傷得面目全非！可是照照梳妝台上的鏡子，竟然毫髮無傷。

「這就奇怪了？明明被金銀珠寶打得鼻血直流啊！」少仙摸著自己的頭左思右想。

「啊！想到了！原來我是在做膨風夢啊！好佳哉是膨風夢，要是真的，我不是可憐兮兮的壓扁在金銀山、珠寶堆底下了嗎！膨風夢萬歲！萬萬歲！」

不過少仙更高興的是夢裡的自己，何等機智、巧智，而且勇敢、果斷！或許甚麼都是空虛假象，只有聰明和善良才是真實！

奇怪的是從此少仙當起勸人戒菸的志工了，他想：「菸害可怕，連千年老妖都承受不住，這應該不是膨風吧！」

4 狐仙速成夢

1. 夢想成仙

小乖乖是隻超可愛的狐狸狗，牠的媽媽挺著超級大肚子，一口氣生下一大窩小狗狗，忙壞主人替小狗狗們找貼心的好飼主。

小乖乖送給了少仙、美仙兄妹。大仙張三夫妻原先怕兄妹倆養了寵物，會荒廢功課，可是小乖乖是舅舅送的，怎麼好意思推辭呢！勉強接受，卻樂壞了兄妹倆，歡天喜地爭著寵。

小乖乖，好可愛的名字！但乖乖並不想乖，牠聽說狐狸祖先更不乖，跑去深山叢林修成正果當上狐仙，現在的牠還只是普通的小小狐狸狗，雖然有人疼，可是夢想成仙，才是牠最大的心願！

有一天，小乖乖給少仙兄妹帶到公園廣場，好多狗狗在那兒，有博美、西施、巴哥、米格魯、拉布拉多、哈士奇、馬爾濟斯等等聚在一起，另一邊是機伶的警犬，雄糾糾的牧羊犬，嗅來嗅去的獵犬，狗主人都拉緊繩索，小心翼翼顧著自己的寶貝狗狗。

廣場周圍的看台逐漸坐滿了人群，司令台上的紅布條寫著「寵物狗才藝大賽」，比哪隻狗表演的才藝掌聲最多，場面之大，讓小乖乖驚奇不已！原來狗的世界竟然這麼多彩多姿！可是小乖乖發覺狗跟人類大不相同，為什麼每隻狗的脖子，都是套著狗圈，而且還被緊緊牽著？

本來小乖乖還以為那圈圈，跟少仙爸爸張三的領帶一樣，是漂亮的裝飾，今天發現並不是那麼一回事，愈是英雄氣概的就被拉得愈緊，唉！不管看家狗、寵物狗、才藝狗，原來都是人類飼養的，主人再怎樣疼，再怎麼打扮，還是超脫不了畜生的身分！於是下意識裡成仙的願望更是澎湃湧動。

「我們狐狸狗可跟別的狗狗不一樣！是能超脫畜生當上狐仙的啊！為什麼不付之於行動！」當小乖乖胡思亂想的時候，忽然眼前出現一位身穿白色長袍，面容慈祥的長鬚老爺爺。

「小乖乖，你的心思，我懂了！」

「騙人！不！騙狗！我一句人話都沒說，你怎麼懂？」

「哈哈！我是誰？你知道嗎？」

「難道是狐仙?!」

「你猜對了！我是精通讀心術的狐仙。」

「那你也可以幫我變成小狐仙囉？」

「狐仙不是變的，是修練來的，要千年、萬年的功夫啊！」

「現代進步了，應該有『速成班』！」

老人不禁哈哈大笑說：「虧你想得出『速成』的！不過我沒能耐搞什麼『速成』，但我知道誰能幫你速成。」

「快告訴我！」

2. 求仙記

「深深的山，遠遠的森林，有棵萬年神木，樹底下有個狐狸穴，穴裡的萬年狐仙，修得人身，會幫你實現願望，你就去找祂吧！」

小乖乖趁著少仙、美仙兄妹沒注意，一溜煙似的離家出走，憑著犬類天生靈敏的嗅覺，嗅著山岳、河川、幽谷各自散發的特殊氣味，拖著胖嘟嘟、圓滾滾的身體，奔跑到野外，急急忙忙衝向神祕的森林。

沉迷網路的少仙，滑手機忘我的美仙，當他們發覺小乖乖失蹤時，怎麼也尋不著牠的蹤跡！

小乖乖又喘又累，但美好的盼望支撐著牠一直往森林深處奔跑。終於在遠離塵囂的深山，聽見小精靈們的天籟之歌，也聽清楚他們銀鈴般的細語，更看見他們曼妙的舞姿，那旋律、那節奏，跟少仙兄妹吹奏的長笛，何等相似！於是情不自禁一起舞呀舞。

小精靈們詫異的問：「小乖乖，你怎麼離開寵物大賽的會場，迢迢來這裡？這可不是你們寵物狗該來的地方啊！」

「是為了找狐仙教我成仙的啊！」

「成仙，談何容易！千錘百鍊的苦修，嬌生慣養的你，受得了嗎？倒不如留在這裡，跟我們一起舞呀舞，快樂過日。」

小乖乖搖搖頭說：「成仙是我絕不放棄的夢想，不過我才不想苦修！要輕輕鬆鬆上速成班！」

小乖乖揮揮手告別小精靈，加緊腳步往前，奔跑中不小心被突出的樹根絆倒，細看，樹洞裡果然有位老爺爺，趕緊跪下來說：「狐仙爺爺啊！幫我變成小狐仙好嗎？」

老爺爺哈哈大笑說：「我修行千年，可是狐狸尾巴還在！無時不在掛念尾巴怎樣藏好，自顧不暇！怎幫得上你！祝你好運找到萬年狐仙美夢成真！」

小乖乖一鼓作氣，蹬上高聳雲端的山峰，果然看見白髮蒼蒼的狐仙爺爺肅穆的端坐在蒼翠的神木洞口。

「狐仙爺爺，我要報名速成班！」小乖乖上前要求。

「乖乖啊！我是萬年狐仙的徒弟八千載狐，雖修得人身，可是每當得意忘形時，那根深蒂固的狐狸尾巴還會不由自主地暴露，你去找我的師父吧！」

樹洞深處傳來莊嚴的聲音：「小乖乖，你的心意我明白了，不過你是狗，並不是狐！只是貌似狐狸而已！不過慈悲為懷的我，認為眾生是平等的，只要你根性善良，我就幫你達成願望。」

「我雖然不怎麼聰明，卻很忠實，是好狗，不！好狐狸。」

「好吧！先不管你是狗是狐，看來你是滿善良的，一歲多的狐狸狗，換算人類的年齡該七八歲了，不過老實告訴你，學狐仙得精進萬年，學而不精，狐狸尾巴藏不住，多尷尬！至於『速成班』只能『易容變貌』，你變成人以後，你的心靈和習性還是狗，這樣你願意嗎？」

「願意！千百個願意！」

「無難！無難！精誠所至！有志竟成！小小狗狗變成小小孩兒！」狐仙仰天大聲念咒，然後問：「小乖乖，你覺得怎樣？」

「身體熱呼呼，心裡冷冰冰，頭腦光閃閃！」

「對！這就是要變成人身的徵兆，我們一起念咒。」

咒語才念完，小乖乖就飄飄欲仙了，睜開眼睛，不禁驚奇的大叫：「啊！是人啊，我果然擁有人身了！」小乖乖摸摸臉，摸摸手臂，只顧高興，忘了速成只能「易容變貌」，至於法術嘛，一竅不通！

3. 尷尬的狐仙

剎那之間，一朵雲，一陣風，把小乖乖送回家了，這時才赫然發現自己怎麼是赤裸裸一絲不掛的呢！驚慌之下，趕緊鑽進門旁的狗屋，可是小小狗屋鑽不進，大屁股露在門外。這時，為了找小乖乖，心慌意亂、滿頭大汗的少仙和美仙，踉踉蹌蹌地回來了。

「呀！小乖乖的屋子哪來的小男孩？赤裸裸的，怪可憐！」美仙又驚奇又憐惜。

「來路不明，一定是逃學又逃家的問題少年，報警去！」

小乖乖聽了，趕緊從狗屋縮回頭，緊張兮兮、吞吞吐吐的說：「我的小主人，請不要報警，我是小乖乖啊！」

「你認識我？……」少仙聽著小男孩汪汪叫，搞不清楚怎麼一回事，睜大眼睛好奇的盯著。

旁觀的美仙更是慌張，急忙拉著哥哥的手說：「是瘋子！快報警！」

小乖乖噙著淚，搖著尾巴，不！尾巴沒有了，搖著屁股求情，那樣子多麼令人憐憫！少仙不忍心的說：「報警也得先給穿好衣服。」

少仙拿著衣服來了，小乖乖卻撒嬌說：「抱抱！我要抱抱！」男孩話才脫口，忽然羞澀的改口說：「啊！不對！我已經是小狐仙，怎麼要人抱抱！」

爸爸媽媽也聞聲來到，一家人都為眼前突然出現的男孩感到迷惑！不過從種種跡象和動作觀察，終於確定陌生的男孩就是小乖乖變的，這要怎麼辦呢？大仙爸爸說：「算是撿來的孤兒，到社會局報備，我們領養。」

媽媽說：「那怎麼行！如果他又變回了狗，追查起來可麻煩耶！」

「這問題暫時擱著，你們先把他送到你們讀過的那家幼稚園，讓他插在大班吧！不管是怎麼來的，一個孩子總得受教育啊！」

少仙兄妹帶著小乖乖到幼稚園，走到教室門口鞋櫃前，男孩突然咬起臭襪子搖頭晃腦。

「呀！你又不是狗狗，怎麼可以這樣玩法！」幼稚園老師趕緊制止。

少仙兄妹不放心，一直陪著男孩。

點心時間男孩竟然把牛奶麵包，大口咬著擱在地上舔，滿地一團糟。園長說：「少仙的弟弟，太好玩了！留在家裡玩，別把他送到這裡來！」

回家了，大仙爸爸說：「這麼大的孩子可以試著上小學了，少仙，你帶他到學校寄讀，習慣了再想辦法辦學籍。」

上學了，起初同學們都友善的玩在一起，可是玩到籃球場，小乖乖突然腳一抬，對著球架尿尿了！

一陣譁然！指指點點，眾口咻咻，罵不絕口！

小乖乖羞得躲到少仙腳下，一張臉不知擺到哪兒才好？少仙暗地裡叫苦：「小乖乖啊！你狗性不改，叫我怎麼辦好呢？」

回家了，大仙爸爸說：「既然已經是人，就得像人，總不能像狗狗那樣不上課，不工作啊！」

一家人想了好久，最後總算由美仙想到了辦法：「對了！到老人之家陪愛狗又愛小孩的老人，算是小志工也跟老人學做人，一舉兩得！」

4. 狐仙夢醒

兄妹倆帶小乖乖到「老人之家」，長鬚老人一看小乖乖白皙的皮膚、端正的面貌、不禁以憐惜的眼神看著他。

少仙說：「我弟弟很乖巧，只是有些怪癖。」

「沒關係，誰都有怪癖。」老人慈祥的說。

「有時候會隨地尿尿！」

「沒關係，人老了也會尿失禁。」

「還會咬臭襪子！」

「喔！很好！提醒該洗了！」老人表示讚許。

「他也喜歡窩在沙發。」

「當然，老人家也一樣。」老人哈哈大笑，篤定接受小乖乖作伴了。

小乖乖留下來陪老人，老人問：「孩子啊！你爸爸媽媽還好嗎？」

「您是說公的和母的嗎？」

「嘿！沒禮貌！怎麼可以這樣稱呼父母！速成的果然差勁！」

小乖乖抬頭看清楚老人的容貌，驚訝喊叫：「啊！您是告訴我到萬年狐仙那兒上速成班的狐仙爺爺！」

「總算認出來了，不過我不是狐仙而是真仙，是告訴人家真相的仙人。」

小乖乖迫切的問：「真仙，那更好！請告訴我，怎樣才能變成真狐仙？」

老人嘆口氣說：「真狐仙要修練很多本事，不是說變就能變的！何況那只是虛幻的形象。」

「我明明見過萬年狐仙爺爺呢，怎會是虛幻？」

「你是沉迷在夢中，夢醒了就知道一切都是虛幻！小乖乖，該清醒了，回歸真正的自己，才有幸福的一生啊！」

「真的是夢嗎？」小乖乖很不甘願自己是在會消失的夢當中。不過這些日子說不出的尷尬和羞怯，使牠深刻體會：「速成」一點兒都不好玩！於是心甘情願答應老爺爺的建議，從夢裡醒來。

少仙兄妹跑遍整座公園尋找小乖乖，急得滿頭大汗，終於在偏僻的角落，樹叢涼蔭處的座椅看見小乖乖安詳的沉睡在白髮蒼蒼的長鬚老人懷裡，不禁興奮歡呼：「啊！找到了！我們可愛的小乖乖！」

老人笑瞇瞇的說：「這小狗狗真愛睡，還囈語連連，時而歡呼。時而驚叫，不知作惡夢還是做美夢？該是精采無比的南柯一夢吧！」

小乖乖汪汪的說：「還好，有驚無險，我要好好回歸我自己，再也不想當狐仙了！」

可是小乖乖，很快發覺小主人少仙、美仙兄妹臉上有的只是找到小狗狗的歡欣，一點兒都沒有經歷奇幻之旅的激情和興奮的模樣，不解的猛晃著頭想：「難道小主人他們沒在夢境與我同行？那速成狐仙，只是我自己的夢幻？」

遠處傳來狗群吠聲：「醒醒吧！小乖乖，該是你出場的時間了！」小乖乖慌忙跳開白鬚老人胸懷，跟著少仙蹬上舞台，在兄妹倆吹奏的笛聲裡婆娑起舞，小精靈悄悄從仙境飛來伴舞，曼妙的舞姿、悠揚的天籟、引人入勝的氛圍，薰染全場觀眾如醉如痴，歡聲雷動，大賽冠軍非小乖乖莫屬！

5 變成漁船的少仙

高掛藍天的太陽，把燦爛的光芒灑在島嶼上，使它翠綠一片，更把周遭的海洋照耀得銀光閃閃，鼓舞著漁人勤勞捕魚，嚮往著海洋，憧憬著捕魚的少仙，由大仙陪伴著來到夢幻島上。

少仙幾乎天天出海，他嘴裡銜著銳利的刀子，腰上繫著藤編的魚簍，精神煥發的迎著浪濤一會兒追逐魚群，一會兒潛水撈貝類。他感謝太陽公公，幫著照亮了海洋，就是在深深的海中，還有和煦的微光伴隨著少仙。可是今天不知怎地，魚兒特別喜歡玩捉迷藏，眼看就在前方，快速衝過去卻是無影無蹤。

「太陽公公啊！把海底世界照得更亮吧！好叫魚兒無處可躲！要不然在

岸上期待著我豐收的老大仙，怎麼有滋補的食物？還有喜歡浮潛的我怎能填飽肚子？我可是有名的大胃王呢！」少仙仰望著一直都在看他的太陽公公再三央求助一臂之力。

少仙喃喃祈禱，不顧疲勞，一次又一次的猛追魚群，任何機會，任何一條魚都不肯放過，可是越緊張，撲空的次數也越多。那些紅的魚、青的魚、五彩的魚，似乎看透了少仙緊繃而不夠靈活的手腳吧，故意挑逗似的飛舞在他身邊。

「咦！你們竟欺負起我了！」少仙咬緊牙根，向太陽公公許下心願，決心非捉到魚兒不可。他愈挫愈勇，渾然忘我，全力以赴。

奇怪的事發生了，本來追也追不到的魚群，竟然都衝著少仙而來了。左邊，右邊，前前後後，無數的魚吻著少仙赤裸的全身。

「呀！魚兒啊！你們抓狂了嗎？怎麼一直衝進我的懷抱呢！剛剛你們不是都害怕我，躲開我的嗎？唉！你們泅水還不夠，竟然長起翅膀飛的衝著我來，這到底是怎麼一回事啊？」

太陽公公忍不住說話了：「少仙啊！你一心一意，為了父親，為了自己的興趣辛勞捕魚，那愛心、耐心、信心多可貴！因此我幫你，把你那不怕疲憊的身心變成了一艘漁船，並且讓你的眼光發亮成為誘惑飛魚的燈。」

天色漸漸暗了，視線慢慢模糊了。但是海天一線的西邊，太陽公公卻留下璀璨的晚霞，把紅紅的臉脹得更紅，微笑著注視變成漁船的少仙。這時少仙清清楚楚的看見一群飛魚往他身上跳躍過來，他不再猶豫，不再遲疑，興奮的張開雙手去擁抱。

「哈哈！哈哈！多奇妙啊！」少仙已經知道自己是不折不扣的一艘漁船了，接二連三飛來的魚都掉在船裡，他為了要攬住所有的魚，就把頭和腳都翹得高高的，眼睛像太陽那樣睜得大大的、亮亮的，看住了滿載的魚。

「夠了吧！少仙，這回不但足夠你父子倆可口的佳餚，更可以分送全村莊的人們，大大小小一起歡樂慶豐收了！」太陽公公滿意的逐漸沉入遠遠的水平線那邊去。

真是一次空前的大豐收，少仙變成的漁船，乘風破浪回岸邊去，終於緩緩的靠岸了，岸邊一群漁村裡來的人，提著燈驚奇的看著無人駕駛的，兩頭翹翹的船。他們是由村長帶頭來尋找失蹤一整天的少仙，少仙親愛的大仙爸爸更是望穿秋水心急如焚。

村長哪裡知道船就是少仙，竟然說：「我們先把滿船的魚搬上來，然後利用這艘船，出海尋找少仙去。」

搬下來的魚整整裝了十大簍筐，大家歡欣不已，可是奇怪的事發生了！那艘不明來處的怪船忽然不見了，更奇怪的是失蹤的少仙竟然平平安安的站在水邊，一陣陣潮水沖洗著他的腿部。

「這到底是怎麼一回事啊？」村長和所有的人都詫異的看著少仙。

少仙說：「是太陽公公幫我變成一艘漁船的。」

「喔！真是不可思議啊！」

村長立刻決定帶領大家造船，是兩頭尖尖翹翹，畫著一對太陽的大眼睛，以及蛇紋波浪的漁船，從此村莊裡的勇士們都駕駛如同自己身體的船，快快樂樂出海捕魚，果然每次都大豐收，從此全神貫注的捕魚更成為他們再好不過的娛樂了！他們歡唱：

太陽啊！我們歡呼你！我們只要浴到了你和煦的光，就能擺脫一切怠惰和畏懼，振奮精神，把人和船結成一體，破浪往前。太陽啊！我們怎能自私的只享受你的溫暖？我們要像你灑下金光一般，以無私的愛，載著滿船豐收回岸，把幸福送給家人和所有鄉親。

少仙和大仙要離開小小童話島嶼回福爾摩沙本島去了，島上的人全都聚集港邊揮手歡送，直到彼此的身影逐漸變小而終於不見。

6 真情大詩章

膨風大仙始終掛在嘴邊一句話：「不是膨風！我兒子少仙，是仙龍，會吟詩作詞的仙龍。」

小朋友們聽了，點點頭不會懷疑，因為先前他們已經聽過：「膨風也是詩篇」，何況教少仙讀詩、寫詩的師傅，又是正港的龍。

少仙本來就是山村小學的名詩人，他的「膨風詩」，每個同學都琅琅上口，因為老師總是把他的詩當作範作，大家欣賞。

少仙他們山村的地名叫做「龍崗」，蜿蜒起伏的山勢，宛如蟠踞的巨龍，龍崗國小就在龍背上，村人都相信：有龍則靈，果然龍崗國小的學生，個個都是小詩人。

從外地來，老遠就看得見高聳的龍背上散落的住家，尤其醒目的是綠樹蒼鬱、花團錦簇、房舍雅致的校園。

沿著山坡，拐過一個彎，隆隆水聲使你驚奇，原來到了「龍口」，巨龍張開大嘴，噴出成串的口水。再靠近，口水變成長長的白練，伴著豪放的歌聲，灑著一顆顆晶瑩的白玉，從龍口奔騰跳躍下來。

少仙的詩裡說：

啊！數不盡的白玉，
串成剔透的白練，
太陽驚喜的給鑲上七彩的蕾絲。

膨風大仙更得意的說；他們住的龍崗，很久很久以前，真的是一條活龍，是飛翔在雲端的，矯健的、自由的龍，憑著無盡的活力，目中無人，橫衝直撞，到處惹禍，觸怒了天帝，說「亢龍有悔」！罰他永遠趴在這裡，天天望著流雲，聽著沙沙風聲，不准吃喝、不准動彈，只能一直吐口水，吐到口乾舌燥，精疲力盡，真心後悔，才准許恢復自由身。可是龍在這裡，這裡的雨水就格外豐沛，哪會有乾旱的日子！

縱然龍崗是受罰的龍身，但膨風大仙說起龍穴、龍脈、龍蟠虎踞的風水，無不驕傲的豎起大拇指誇耀一番，並且表演起他搖身晃腦，欲罷不能的「龍驤虎步」，惹得大家笑翻天。

少仙也認為世界上再也不會有比龍崗更好的地方了，村子在一片濃密密的森林裡，花草樹木的靈氣，悄悄地、輕柔地環繞著。信步來到山谷林間，會遇見神氣活現的水精靈，嘻哩嘩啦、笑容滿面，急著跟你歡心細語。舒爽的山風也趕過來，柔柔地輕撫著你，遠處的山，山外的湖，湖邊的野鳥，也都請託小小旋風帶來溫馨的信息。

少仙認為龍崗不僅是遼闊大地的地標，更是大地向廣漠宇宙發出信息，也接受資訊的通信中心。

有個夜晚，少仙來到龍背，看見墨綠色的原野，竟然從他身邊，泉湧般出現一條銀色的河，細看，是成群的螢火蟲，閃閃發出銀光，緩緩穿流，流向天上朦朧的銀河。

少仙不禁驚呼：「啊！流螢原來是天河的支流！」隨著呼聲，從神祕的夜光裡，忽然浮現天人飄飄然的身影，她踩著輕盈的舞步，充滿喜悅的灑下天香滿溢的曼陀羅花。

少仙又是一陣歡呼：「天上、人間，都在心的一方！這光景、這心境、這感覺，不就在最美麗的詩的世界嗎！」

從此少仙提筆寫詩，詩的靈感，就像龍口的水，奔騰暢流而出。

少仙的詩，充滿想像和創意，雖是膨風誇張，卻趣味橫溢，不但同班同學歡喜，更成為全校師生吟唱的詩篇。

有一天朝會，校長在全體同學面前說：「很高興我們有個傑出的小詩人，現在我正式宣布筆名膨風少仙的張益三為龍崗國小的第一位桂冠詩人。」

說罷，把龍崗的標誌——牽牛花綴成的花環，戴在少仙的頭上，還頒給他雕著飛龍的獎座。一時，掌聲雷動，讚美聲不斷！

那天傍晚，少仙獨自來到龍背，望著夕陽下燦爛的、粼粼閃閃的，龍身上的鱗片，還有龍頭頂上，金光輝煌的龍眼，也聽著瀑布那兒傳來的龍的語言，一會兒豪放高歌、一會兒細語綿綿、一會兒行雲流水、一會兒妙語如珠、一會兒迴腸盪氣、淋漓盡致！

啊！龍才是真正的詩人啊！我只不過時常來這裡，諦聽、欣賞，搜尋詩的靈感，填補我空虛的枯腸啊！

想到這裡，少仙立刻奔跑回家，抱來今天在學校得到的桂冠和獎座，挺身立正，遙向遠遠的峰頂龍頭，肅然起敬的說：「頂天立地的大詩人啊！您才是桂冠和獎座真正的得主！」

說罷，把花環懸掛在樹上枝椏，獎座擱在樹洞，叫始終蹲在那兒的貓頭鷹好好替巨龍保管。

這時龍口那兒傳來喜悅的話語：「哈哈！少仙啊！其實你不用客氣，你篇篇美妙的詩章，都是你我共同的創作，你謳歌我回應，我呼喊你諦聽，就像螢火蟲飛翔，星星就眨眨眼，風兒舞動，海浪就跟隨一般，自自然然，你的詩就是我的心聲，你的心語就是我的呼求。」

巨龍稍停，等待少仙的回應。

「喔！可敬的龍，現在我才知道您是如此這般的謙虛，使我更加的敬佩您！喜愛您！」

「說敬佩，不敢當！說喜愛，哪能比得上我對你的喜愛！現在我有一件非常重要的事要央託你。」

「什麼事？請快說！」

「少仙啊！你想想，對一隻勇猛的巨龍來說，長久被困在這裡，不能飛翔，只能望空興嘆，你說是不是應該憤怒怨恨，苦惱萬分？」

「我想應該是，但我看不出耶！」

「對！我沒苦惱，也沒怨恨，只因有你，有你的詩歌，我寧願永永遠遠留在這裡，聆聽如你這般可愛的小詩人吟詩歌唱！」

「喔！多麼榮幸！」

「另外，我還有個企盼，那就是長長久久留在這小詩人徘徊躑躅的大地，與小詩人相隨相伴，再也不想遠走高飛，浪跡天涯。」

少仙高興極了，跟巨龍約定，彼此吟誦守護大地、捍衛天理的詩章，膨風是詩情畫意的語言，龍吟是天人的音調，彼此真情呼應直到永永遠遠。

7 金雞報喜

膨風大仙說很久很久以前，他阿公的阿公的阿公——，把一隻金羽毛的公雞當寵物養著，餵牠最好的穀子，最香的蔬果，最甜的飲水，還有最舒服的雞棚。

隔壁家的老婆婆，飼養的卻是天天下蛋的母雞，一顆顆晶瑩亮麗的雞蛋，滿足了老婆婆的口福，卻也引起了老婆婆的傲氣，瞧不起老公公的公雞，笑牠「只會拉屎，不會生蛋的米蟲，徒有一身美麗的裝飾，連個蛋都不會生」。每次煎蛋，還故意暢開窗戶，把香味搧向鄰居，羨煞了老公公。

有一天老公公忍不住「一家煎蛋兩家香」的引誘，厚著臉皮向老婆婆要個雞蛋，老婆婆回絕了，以諷刺的口氣說：「怎麼不叫你家的公雞也下蛋呢？」

「公雞怎會下蛋！」

「誰說公雞不會下蛋？鞭打牠啊，不生痛打，直到下了蛋。」

老公公回家，雖然不相信鞭打有用，但心裡悶悶的，還是抓起鞭子打公雞，公雞很傷心，不是傷心挨打，是傷心老公公從小無微不至的疼愛牠，牠卻一絲絲回報都做不到。

傷心的公雞離家出走了，不是棄離老公公，而是想學會本領，賺錢給老公公買很多很多的雞蛋。

公雞跑得遠遠的，越過一座座山，來到滾滾急流河邊，問水邊吃草的老牛怎樣才能渡過大河？老牛說：「牛飲，喝乾河水就是了！」

報答老公公心切的公雞，學起「牛飲」，果然喝乾了整條河水。過了河，草叢裡出現大蟒蛇，一場雞蛇殊死鬥，蟒蛇受不了公雞的水攻和尖尖嘴喙，還有雙腳飛舞的利爪，投降說：「你會『牛飲』，算是天下功夫學一半，如果你放了我，我就教你另一半『蛇吞』。」

於是公雞學會了「牛飲蛇吞」的絕技，繼續走啊走！走過一個又一個村莊，清晨時分來到熙熙攘攘的城市，城市中央聳立金碧輝煌的宮殿。公雞心想：就向國王要些錢孝敬老公公吧！公雞一躍，跳上屋頂大喊大叫：「國王啊！我為您報曉，請您賞錢，給我買雞蛋孝敬我家老公公。」

國王呼呼打鼾，睡得正甜，夢中被吵醒，生氣的命令士兵把公雞抓起來丟進護城河淹死。公雞施展牛飲功夫喝乾河水，第二天清晨又跳上宮殿屋頂大喊大叫：「國王啊！我為您報曉，請您賞錢，給我買雞蛋孝敬我家老公公。」

國王睡眼惺忪爬起床，勃然大怒下令說：「把那可惡的傢伙，抓起來拋進火爐燒成灰燼！」

公雞被拋進炎炎火爐，不慌不忙，吐出滿肚子的水滅火。第三天清晨又跳上宮殿屋頂大喊大叫：「國王啊！我為您報曉，請您賞錢，給我買雞蛋孝敬我家老公公。」

這次國王不再生氣了，而是滿心好奇的叫士兵把公雞抓過來，好仔細的

喔！喔！

瞧個究竟，這傢伙怎會是「不死鳥」？站在威嚴的國王面前，公雞毫不畏懼的拍拍翅膀，挺起胸膛，跳起美妙的舞步說：「偉大的國王啊！看在我天天報曉的辛勞，賞我幾枚金幣，好買雞蛋孝敬我家那慈祥的主人。」

國王眼看公雞果然不同凡響，聰明又伶俐，美麗又曼妙，又驚又喜，不由得喜歡起公雞，立刻叫人打造一座黃金鳥棚當寵物養著。可是公雞一心一意想回家，啄破鳥棚跳上屋頂大喊大叫：「國王啊！我為您報曉，請您賞錢，給我買雞蛋孝敬我家老公公。」

國王為了留住心愛的公雞，異想天開自言自語：「宮殿裡的金幣堆積如山，讓牠吃個飽，吃個重甸甸，動彈不得，想跑也不了，乖乖當我寵物！」

想不到公雞竟然施展蛇吞功夫，把全部金幣吞下肚，一枚也不剩，還活蹦亂跳，喔喔啼叫，國王見狀，氣得暴跳如雷，下令剖開公雞的肚皮取回金幣，可是公雞突然變成一輛橫衝直撞的坦克車，不！是無敵鐵金剛，揮舞尖銳的嘴喙，敏捷的腳爪，勇猛的擊退大隊兵士，然後跳上屋頂高喊：「謝謝國王賞賜滿滿一肚子金幣！」說罷倏爾消失在遠方不見蹤影。

回到老公公身邊的公雞，吐出金幣，滿滿一穀倉，還裝不完，請老公公拿來木箱、水桶、鍋子、瓶瓶罐罐，所有容器都裝得滿滿，處處金光閃閃。

老婆婆太驚奇了，悄悄過來瞧瞧，禁不起引誘，厚著臉皮討金幣，老公公大方的請她裝滿一口袋回家去。

這時天剛亮，公雞跳上屋頂喔喔啼叫：「我親愛的朋友們！大家聽著：我們偉大的國王大發慈悲，叫我帶來金庫裡所有的金幣，每個人賞給幾枚，買新農具、新工具、新衣服、新家具，過幸福美滿的好日子，而且要我天天跳上屋頂喔喔啼，報曉早起，勤奮工作，增產報國。」

左右鄰居都來排隊領金幣，不！全村，全國的人都來領取金幣，領罷，一群一群人，圍在王宮四周高呼：「國王萬歲！國王萬歲！我們要聽雄雞報曉、報喜，勤耕勤作，讓國王高興，國家富強，人民幸福！」

喊聲雷動，響徹雲霄，夢中的國王揉揉惺忪睡眼，仔細聽聽，啊！是他好久好久沒聽到，而且又渴望的人民發自內心的萬歲聲啊！

國王太高興了！跳起床，走出陽台，迎著陽光，迎著歡欣的聲浪，迎著熱情的群眾，笑容滿面，宣布頒給金雞特等榮譽勳章，獎賞牠「金雞報喜」的功勞。

從此公雞就有了耀眼的紅色雞冠和五彩繽紛的頸環，全國家家戶戶，門楣都貼上「雄雞報曉勤耕田，金雞報喜笑顏開」的對聯，到處喜氣洋洋。

8 博士貓

有一次少仙班上玩起「誇寵物」，學膨風仙的誇張，說自己家裡的寵物有多帥、多酷、多厲害，人人說得口沫橫飛，得意洋洋。

輪到少仙了，他說：「我家的『虎斑貓阿博』可真非同小可啊！」

「阿伯？叫貓咪阿伯？太扯了！」

「聽到哪裡去了！是博士的博。」

「貓當上博士？博士還差不多！」

「對！阿博就是『博士』，牠修的學位是土法、手工、自造，卻耐人尋味的大學問呢！」

於是少仙侃侃而誇起他家的博士貓：

阿博獲得主人家百般疼愛，一天三餐，魚魚肉肉，一身虎斑皮毛洗刷得亮亮麗麗，四腿腳爪修剪得整整齊齊，也彩繪得花花俏俏，不愁吃，不愁穿，只要撒撒嬌，溫暖的懷抱少不了，牠該是一隻「快樂貓」吧！

不！是心思重重的「煩惱貓」，每當夜色漸深，煩惱就跟著來，只因鼠輩早就發現這隻不必給掛鈴鐺的肥貓，一身武功全廢，是人類的寵物，鼠輩的玩物，逗牠、笑牠、惹牠、激牠、辱牠，真好玩！

夜，本是貓族施展本事的舞台，如今是忍辱吞聲，有苦難言，分分秒秒把淚往肚子裡吞的時間。

「啊！白天的養尊處優，百般受寵，換來夜間的苦難，值得嗎？」阿博思量：「從我做起，把寵物貓帶回往日獵鼠高手的英雄貓，找回史冊記載貓族的榮光！」

阿博反覆呼喊：「放棄飯來開口，肉來張口的懶貓生活，瀟灑走一趟荊棘滿布的上進之途吧！」

可是一出生就被寵壞的阿博，哪記得祖先的功夫怎樣施展？跟誰學習？

從何學起？煩惱又來了，只有徒然嘆氣：「良師益友，何處尋找！」

正徬徨不知所措時，阿博聽到大仙跟少仙談著「綠卡」的事，勾起了阿博無限的希望：何不取得猛虎王國孟加拉的綠卡，向虎大哥學習虎虎風生的威嚴，狩獵的無上技巧！

「綠卡」哪裡申請？阿博又聽少仙說：「無論是魔法國、仙人國、動物國，申請國籍也好，申請綠卡也好，好方便喲！『幻想代辦處』從頭到尾親切代辦，讓你迅速逍遙來到那奇異的國土。」

阿博果然拿到綠卡，千里迢迢來到猛虎王國，進入嚮往的「虎虎狩獵大學」，企圖取得博士學位。可是興致勃勃的阿博，卻發現大學堂裡根本沒有狩獵技巧的課，一問，同學們竟然哈哈大笑：「那是本能，與生俱來，何用學習！」

教授們上什麼課？無不慷慨激昂討論國土被侵占，恐怖攻擊連續不斷，百獸之王面臨消失的危機，而那罪魁禍首就是人類！

人類哪是罪魁？哪是禍首？他們再仁慈不過，再貼心不過，說是主人，其實是奴僕一般的夥伴啊！

離了譜的高談闊論，阿博哪聽得進去！閉目養神，聽而不聞，可是肚子餓了怎麼辦？只好翹課跟隨也是坐不住課堂的虎大哥屁股後面，當牠捉到獵物時，悄悄的舔舔地面滴落的血跡，或剩下的肉屑，勉強充飢，自嘆誤入歧途。

有一天，阿博看見虎大哥獵到一隻肥羊，大吃大嚼，大快朵頤時勇敢靠過去一再懇求：「大哥，請可憐可憐小弟，讓我嚐一口肉，免得我餓死他鄉。」虎大哥不耐其煩，吼了一聲：「囉唆什麼！沒本事，餓死算了！」一聲斥喝怒吼，阿博竟然靈機一現：「啊！『良師益友』不就在眼前！我不再可憐自己，更不該請別人可憐自己，一個人也好，一隻貓也好，要活得有尊嚴，當然要自己有本事，虎大哥雖無情，卻毫無隱藏的展現牠的狩獵技巧，正好暗中學習！」

過了不久，阿博果然看出了虎大哥狩獵的基本功夫：「先追上獵物，再張牙舞爪，豎起全身的毛，大吼一聲，發出『虎威』，嚇破獵物的膽，使牠腳軟手軟、痲痺癱瘓，於是就得手了，不像我總是在撲向獵物的一剎那，讓牠一溜煙的逃走！」

阿博懂得了「虎威」，可是怎樣使出呢？這就不是那麼簡單的事了！牠躲在僻靜的地方，一次又一次，一天又一天，早也練，晚也練，累了休息一會兒，然後告訴自己，休息是為了走更遠的路，於是又再勤練！

皇天不負苦心貓，有一天阿博面對原野、山岳，提起丹田之力吼叫又吼叫，果然吼出震撼山野的虎威了。

「只有吼聲還不夠！還得練好豎起全身的毛，變成龐然大物，才能唬倒獵物！」

阿博又練好了「豎毛功」，可是牠還得勤練「張牙舞爪」的動作，當「虎威」的一切都運用自如的時候，阿博果然每次都稱心如意的獵到，本來嘲笑牠笨手笨腳的鼠類了。

當阿博學成一身功夫，正想衣錦還鄉時，卻被一隻似曾相識而步履蹣跚的老虎死纏不休說：「小兄弟，可憐可憐我！教我舔食肉屑和血滴的方法，免得我餓死，壞了我們貓科動物的名聲。」

原來衰老的老老虎，竟然是從前虎虎風生的虎大哥啊！如今的牠，舉步艱難，才靠近獵物來不及展虎威，獵物已經早一步逃開了，有時遠遠的就展虎威，那無疑是提醒獵物趁早逃走。

衰老的虎大哥餓扁了肚子，只好找年輕的老虎留下的肉屑和血滴，可是牠這一生吃的都是大塊鮮肉，不懂得怎樣舔食，這時牠想起了曾經可憐兮兮，總是跟隨在牠後面舔食肉屑和血滴的貓兒。

當老老虎自言自語：「我該向那小可憐學會舔食的方法啊！因為現在我無疑是個大可憐啊！可是好久好久了，怎麼都沒看見那小可憐呢？或許因為我不教牠展虎威，所以生氣了！」

千辛萬苦，老老虎總算在隱蔽的樹叢下，找到瞇著眼想像回鄉那一刻熱烈歡迎場面的貓兒，趕緊趨前，低聲下氣央求。

可是阿博想起老虎的無情，不禁以牙還牙說：「不！我不管你了，因為你一點兒都不可憐，何況貓科動物的名聲由我來維護就夠了！」

「小兄弟，從前你是小可憐，現在我是大可憐，同是可憐是不是？」

阿博有些心軟，正想說出舔食訣竅時，竟然發現老老虎躡手躡腳虎視眈眈，突然展現虎威企圖一口吞下阿博，可是牠那稀稀落落的毛，再也豎不起，掉光的牙齒再也不威武，沙啞的喉嚨再也吼不出震撼山谷的音聲。反而是阿博迅速一展虎威，把搖搖晃晃的老虎嚇退。

「咦！你什麼時候偷學了我的虎威？」

「不是偷學，是勤學苦練的！」

「好奸詐！看我怎樣收拾你！」老虎怒不可遏，使出全身力氣撲向貓兒。阿博靈巧一躍，跳上樹枝頂頭，喵喔！喵喔！笑看爬不上樹，只有乾著急的老虎。

「你這小小貓兒，竟然還有這套爬樹的本事，我真是小看了你！」

「虎大哥，後悔了嗎？驕傲又自私的後果不好受吧！」阿博在高高的樹上，怡然自得，回憶著辛苦學習的過程，也滿足勤練的成果。

沉睡一陣子的阿博醒來了，雄姿英發，一掃鼠害，少仙好奇的打開

「奇幻夢境記憶裝備」查看，不禁雀躍歡呼：「留學頂尖的虎虎狩獵大學，卻土法、手工、自造，獲得非學院派的『土博士』，了不起！」

阿博客氣的說：「博士啦！土土的真本事。」

9 井底蛙

膨風少仙說：「我家有兩個博士，學歷之高，全村之冠。」

「那還用說，你們父子檔，膨風大博士、膨風少博士。」

「不！是前有虎威貓博士，後有井蛙博士，說到井蛙博士，成雙成對，且是超級的。」

「虎威貓土博士，我們懂，井蛙博士在哪裡？」

「就在我家後院的那口古井。」

「古井？確實有！可是早已是厚厚的水泥蓋封住，密不透風，哪會有什麼井蛙？」

「有個小小的洞口，我鑽進去探險，不！是有個大大的城門，讓我大踏步走進去當貴賓。」

「哈哈哈！敲起來了膨風鼓！」

「一點兒都不膨風，你們都知道我家是荒郊野外的小綠洲，後院的古井更是神祕的古堡入口，有一天我尋寶去，聲聲呼喊：『芝麻開門！芝麻開門！』喊了好久，不見古堡開門，卻發現我自己變成了小小一丁點兒的拇指王子。

「糟了！中了魔咒！怎麼辦好呢？管他什麼咒，井圈變成巍峨的城堡，而我是城牆下一個充滿冒險勇氣的騎士。」

同學們好奇的洗耳恭聽：

茫然佇立牆下的我，發現城廓上有座雄偉的城樓，樓上將軍命令士兵開門，齊聲大喊：「歡迎貴賓！」

「哇哇！哇哇！」、「呱呱！呱呱！」

無數的青蛙在古堡裡，你一聲我一聲，好像高歌又像吶喊，城堡好比共嗚箱，聲聲回響：「歡迎，歡迎，歡迎直立族親來臨！」

當我驚慌不知所措時，兩隻英俊瀟灑的青蛙迎面而來：「喔！直立族親，您來得正好，是我倆論文最佳見證人。」

兩隻青蛙跳呀跳，帶我來到大禮堂，講台上掛著大布條：「井底大學超級博士論文發表會」紅底金字，很顯眼。

兩隻青蛙——哇哇和呱呱，是井底大學超級博士班的研究生，出類拔萃，只要論文通過審查，就是蛙蛙世界頂尖的「超級博士」，怎不雙雙意氣洋洋！當著許多井底學者面前開始發表論文，首先是播放論文簡報，故事生動，圖像清晰、音響悅耳，全場聽得入神又陶醉。

開頭是指導教授叮嚀：「你們研究『人類學』，必須親身走向人類的世界觀察研究，不能瞎掰！」

哇哇和呱呱一聽教授的叮嚀，高興得雀躍歡呼，因為「特許出境」就憑教授這一叮嚀。

原來井底世界自成封閉的一國，所有國民安居樂業，「出國」難如登天，因為「出境許可」管制嚴密，關卡重重。

萬里晴空，無風無雨的大好日子，哇哇和呱呱懷著喜悅和無限好奇的心，現身嚮往已久的廣闊地面。

那兒正是我家後院，兩隻青蛙約定互奔東西，哇哇向前庭去，走到一望無垠的田間，正是稻子成熟的季節，轟隆！轟隆！割稻機來來往往，把黃澄澄的稻穗，連稻草一起割下來。

哇哇看得目瞪口呆，驚訝的說：「好厲害！一大把一大把稻子，那麼快的送進嘴巴，又那麼快的拉屎，一瞬間一塊塊稻田都被吃得精光！」

哇哇嚇得幾乎魂不附體，心想：「怪物！吃稻穀的怪物！不！是魔鬼！是怪獸！還把人當寵物抱在胸膛！田頭田尾還有彎腰駝背勞苦工作的奴隸，他們一個個不住的揩著滴滴流下的汗水和眼淚。」

這是一大發現，哇哇趕緊掏出最新型的數位相機錄影存證，當作論文的重要資料。並且在記事簿上寫：「威力多大，法力多強的魔物！一天的食量大到吃光兩三甲地的稻子，一家農戶，五甲田，只夠餵飽他兩天半，人類世界的大災難到了！怪不得在井底也聽得見世界末日就在明天的呼喊！」

哇哇繼續追蹤觀察，幾天後田園平靜了，是稻穗全被吃光了，哇哇順著魔物的足跡來到農家屋前，這農家比古井那家大得多。

「呀！魔物竟然在農家門口的牆邊，安詳的歇著，不！是在監視屋裡的寵物，防止他們逃跑。」

哇哇躡手躡腳靠近魔物，仔細查看：「沒有呼吸，難道是斷氣了？不！溫

溫的，還活著！是睡著了，趁著這時候看看門內的人類寵物做著什麼！」

「呀！一個人手上拿著長筒杯，嘴巴對準杯子又哭又叫的，很悲傷！其他人都像爬上乾旱的地面的蚯蚓，又叫又跳，全身扭動，痛苦到極點的樣子。」

哇哇再也不忍心看下去，趕緊錄影存證，然後轉身快速跳回古井那邊，一路上想著：「可憐的人類，被魔鬼養做寵物，當做奴隸，心靈一定受到嚴重的創傷，這是多麼重要又意義深刻的論文題材啊！」

哇哇恨不得長出翅膀飛回井底，完成精采的博士論文，讓老教授瞠目相看！

呱呱走相反方向，在草原遇見小野兔，呱呱問：「兄弟，哪兒會看到人類呢？」

「你想看到人類？」小野兔很詫異的反問。

「看到人類有什麼不妥？」

「不只是不妥？很危險哩！」

「我非找到人類好好觀察不可！因為我研究的是人類學。」呱呱很得意的說。

「人類學？是學人類吧！」小野兔從來沒聽說過「人類」還會成為什麼「學」。

不過這一質疑，卻引起呱呱想到研究人類學，得先「學人類」，這不僅是入門，更是重點！於是鄭重的問：「小兄弟，學人類，該從哪裡學起？」

小野兔瞧瞧呱呱的模樣，嘆了口氣說：「其實，你根本學不起人類的樣子！」

「你！你瞧不起我！」呱呱自認是井底秀才，怎麼可以被區區小野兔輕視！

「不是我瞧不起你，是你的樣子完全跟人類比喻醜陋的『癩蛤蟆』一模一樣啊！人類的特徵就是雙腳直立走路，你能嗎？」

「直立就直立！雙腳走路就雙腳走路！怕什麼！」

呱呱的後腿本來就粗壯無比，直直的站立難不倒他，可是這麼一站，卻看不見藍天裡的白雲了，呈現眼前的雖然是原先的景色，草叢啊！柳樹啊！小野兔啊！潺潺流水啊！可是好奇怪啊！草叢倒翻了！柳樹倒栽了！小野兔翻筋斗了！流水像是從頭上灌下來了！大地變成天空，天空掉落在腳下了！

「這是怎麼一回事啊？」呱呱趕緊往前逃跑，想逃離反轉的世界，甩掉奇異恐怖的景象，明明是向牠所鎖定的池塘那兒跑，卻離池塘愈來愈遠。呱呱覺得天昏地轉，好像掉進了魔幻世界。

「這怎麼受得了啊！」呱呱趕緊四腳趴地，恢復青蛙姿態，畏畏縮縮的環視四周，就在這一瞬間，一切都恢復正常，總算從可怕的瘋狂世界回到安穩的淨土，結束了昏頭轉向的「顛倒驚魂記」。

「唉！還好，有驚無險！我再也不『學人類』了！因為研究『人類學』跟『學人類』是兩碼子事啊！」

這時的呱呱覺得已經滿腹經綸，撰寫博士論文再也不怕缺乏資料，就向小野兔說聲：「掰掰！」趕回井邊跟哇哇會合。

哇哇、呱呱，互相交換所見所聞，然後決定進一步踏向最頂端的、最深入的探索——人類群集的社區公園，哇！不管走在林下幽徑或陽光和煦的道路，或靜坐在樹蔭座椅上，所有人類都低頭縮肩，一手捧著小小平板，一手在板上聚精會神猛滑，似乎在畫什麼符咒吧！嘴裡還念念有詞。

「呱呱，他們是不是念著咒，控制吃稻子的怪獸？還有被當奴隸的人群？」哇哇似乎有所領悟的說。

「對！手持符咒的都心有所思的模樣，喔！原來人類世界上真正的統治者

是這群人耶！他們的魔咒操縱著怪獸和奴隸。」呱呱肯定的說。

「這些統治者共同的特徵就是『低頭縮肩』一改人類原本『抬頭挺胸』的煥發英姿耶！好像在學我們青蛙的姿勢呢！」

「沒錯！一大發現！論文新論點，一定叫井底的蛙蛙世界大開眼界！」回到井底世界的兩個博士候選人，閉門趕寫論文，獲得老教授的肯定，並且鼓勵公之於世，也就是把所見所聞，發表全井的報紙，也現身電視台高談闊論。

哇哇寫的論文是《人類學概論》，說：「人類可憐兮兮的淪為魔鬼的寵物和奴隸，心靈受到很大的創傷，在寵物屋裡哀聲嘆氣，痛苦的扭轉著身體，魔鬼操縱怪物全天候看守，人類根本沒有逃跑的機會。怪物受魔咒控制，魔咒從何而來？魔法源頭何在？迷霧一團。」

呱呱的論文題目是《瘋狂人類不可學》，牠說：「直立的人類活在顛倒的苦惱世界，千萬不可學！如果想學，就在夢中學，或是覓得公主一吻，先變得人模人樣的青蛙王子，否則切不可到那顛三倒四的魔界去！」

不過牠倆的論點卻有個共識——井底的蛙蛙世界才是真正幸福的「天堂」，人類世界魔咒之外有魔咒、階級之外有階級、對立又對立，翻轉又翻轉，是「無比深淵苦海」不值得羨慕嚮往。

哇哇、呱呱論文發表會，少仙恭逢其盛，而且兩篇論文可不可以通過？老教授說：「就看剛從人類世界駕臨的貴賓見證，所言是否符合事實？」

少仙毫不猶豫，高喊：「太好了！一針見血，好論文！」

於是古井蛙的博士學位，不僅滿分過關，而圖文並茂的論文，更躍上井底暢銷書排行榜之首，少仙與有榮焉！

10 巧智立大功

1. 大仙少仙當上使節

膨風大仙和他兒子膨風少仙，有一天消遙自在的散步在天鵝湖邊，經過萋萋草叢，幽暗曲折的路徑時，突然雙雙掉落深不見底的地洞，掉呀掉，頭暈目眩，好久好久才到達洞底，還好是一座電梯，安全無虞。

「呀！時光隧道電梯。」父子倆發現電梯門上顯眼的六個大字，驚奇相問：「我們到底來到什麼年代的什麼國土？」

「不管何時何地，好事一樁，到新天新地，行銷膨風父子檔。」

電梯門一開，雙雙邁開腳步往前，來到繁華的城市，一打聽，是太平盛世的達人國，人人過著豐衣足食，平安歡樂的日子。

可是巧不巧，父子來到這國土，晴天霹靂，突然傳來緊急戰報，好戰自大的鄰國，鬼大多國王派遣使者，送來國書：

據說貴國實施終身國民教育，人民不但很聰明，也知識廣博，創意活潑，我倒想見識見識，聰明伶俐到哪兒？因此限你三天之內，選派二名代表，一為剛接受過小學基礎教育的少年，一為社區大學的耆老，來敝國接受考驗，如果不能順利通過我提出的難題，我要求你自己過來當我的奴僕，而你的國土也要全部歸我鬼大多管轄。

當貴國代表來的時候，不可使用任何交通工具，包括車、船，也不可以騎在牛馬等動物背上，也不可以走路，要神不知鬼不覺飄然而來。

何等苛刻的條件！達人國上上下下，一片混亂，議論紛紛，人心惶惶。阿木達國王立即招來全國的大學者開會研究，開了整整兩天兩夜，還是找不出辦法。就在限期的第三天，王宮門前來了一對鄉巴佬模樣的父子檔求見國王。

他倆立刻被帶到國王面前，鄉巴佬說：「大王啊！我們父子檔聽見消息，心急如焚，立刻趕來為英明的陛下效勞。」

「是不是為了選使節到鬼大多國的事？」

「正是！」

「是你們願意去？」

「對！我們是一對智謀雙全、勇氣蓋世的父子檔，只要指派我們當特使，陛下，包您一切迎刃而解，平安無事，高枕無憂！」

「好大的口氣！不是膨風的吧？」阿木達國王懷疑。

不過大難臨頭還是心切的問：「說說你們到底有什麼能耐？」

「陛下，不瞞您說，我們是具備通天本領的膨風大仙和膨風少仙。」

阿木達國王一聽果然是膨風，差點兒氣得昏倒，勉強支撐，定睛睥睨，猛然拍桌大怒：「來人啊！把這兩個不知好歹的傢伙拖出去斬了！」

在旁的老宰相德克達趕緊上前說：「陛下，還是先聽聽他倆有什麼具體的辦法出使蠻橫的鬼大多國吧！可行就照行，不行再處斬也不遲，反正束手無策，坐以待斃，不如放手讓他們試試！」

阿木達國王只好點頭同意：「姑且看看你們施展什麼本事吧！」

「陛下只要把您馬廄裡的千里駿馬暫時借給我們，讓牠拖著輕便的車輛，載著我們的神奇飛行物，奔上白雪皚皚的大神山，我們從那裡出航就是。」

原來膨風大仙父子早在皇宮門前的廣場，準備了他們的神奇武器——三太子哪吒的風火輪，還有太乙真人的浮雲。

少仙身披三太子錦衣，鑽進大仙尪中，露出淘氣的臉龐，一派悠然自得的神態，令人驚奇的是那風火輪似乎真的在冒火般閃著紅光。

大仙呢？一身法衣，是莊嚴威武的太乙真人，腳踩七彩雲朵，而那雲朵似乎剛從天上摘來一般，飄飄然載沉載浮。

京城裡的百姓聽到消息，萬人空巷，齊集廣場看熱鬧，人山人海，水洩不通。

阿木達國王詫異的問：「你們一老一少，真的要搭乘風火輪駕彩雲前往？」

少仙說：「不！彩雲和風火輪只不過是巧奪天工，以假亂真的工藝飛行翼，有待陛下的飛馬拖上山頂的皇家滑雪場，我們從那兒滑行朝向鄰國，去會見那蠻橫的鬼大多。」

阿木達國王點頭表示領會，立即下令：「快！快把我的千里飛馬借給他們！」

搭乘風火輪的三太子和騰雲駕霧的太乙真人在快馬拖運下，很快到達神山上的滑雪場，倏地！劃過達人國皇宮上空，往鬼大多國飛去，阿木達國王望著一老一少的背影迎著豔陽遠離，知道國家的重大危機已解除，不禁開懷哈哈大笑，圍觀的民眾更是歡呼鼓掌叫好。

父子檔飛抵鬼大多國的都城，已是黃昏時刻，夕陽輕吻著西山，晚霞照耀著雲朵，少仙的風火輪和大仙的彩雲飛行翼，果然穿梭奼紫的天空，神不知鬼不覺到達鬼大多的皇宮。

鬼大多大王沒話挑剔，尤其是他們扮成自己最崇拜的三太子和太乙真人，當晚立刻以貴賓身分召見一老一少，不過始終以不屑的眼光看著膨風父子，畢竟三太子的大仙尪、風火輪、浮雲都只不過是工藝品，於是傲慢的指著廣闊無比而燈火朦朧的庭園說：「這是我鬼大多的祕密花園，請問中間高聳入雲頂著日月圖騰的是什麼建築？」

在那浮雲掩月的夜晚，膨風大仙瞪大眼睛注視良久，果然發覺那是何物，得意的回答：「是歌頌你偉大政績的功德碑。」

鬼大多大王佩服的說：「果然是達人國傑出的特使，這個花園是我的龍潭虎穴，你看！碑的風水如何？」

「欠佳！」

「你！你胡說！這是我重金聘請世界頂級的地理風水聖人，匠心獨運營造的碑塔，豈容你胡言亂語！」鬼大多立即怒氣沖天破口大罵。

但大仙卻哈哈大笑說：「可惜啊！可惜！枉費心機。」

「碑塔聳立雲霄，碑文映照水面，豪放高雅，清澈晶瑩，好極了！臭老頭不准胡言亂語！」

「大王，良知要我對您說真心話！我不說，大王不祥啊！」

一聽到「不祥」二字，鬼大多心一怔，趨前小聲問：「說說，怎麼不祥的？」

「你的功德碑文要銘刻在百姓溫暖的心版上，而且要豎立在人民心地上！怎麼刻在冷冰冰的石頭，立在飄搖的風雨中？」

鬼大多豈是泛泛人物，立刻了解大仙的語意，沉思良久，默默無語。

這時，靜坐鬼大多身邊旁聽的美麗小公主，眼看父王的問題都很快被破解，而且石碑、心碑，越說越難解，急忙趨前說：「爸爸，下一題由我來難倒他們！」

於是公主呼喚：「春兒、夏兒、秋兒、冬兒，把珍珠盒捧過來。」

四個宮女簇擁著捧一個雕花方形盒過來，打開一看，是光芒四射，圓潤可愛，總共十五顆難得一見的頂級珍珠。

公主出題：「這稀世珍寶，四個宮女爭著保管，少仙你說怎樣分配讓她們心服口服？而且這十五個珍珠佩飾，我參加派對或典禮，有時要佩一個，有時十五個全佩，有時幾個不一定，取用也要保持整盒才可以。」

少仙輕鬆的說：「這好辦！珍珠大小不一，四位宮女正好各持一盒，春兒占鰲頭最大一顆，夏兒兩相好，次大的兩顆，秋兒四季豐收，再次大的四顆，冬兒小而巧，剩餘的八顆。」

在場的無不點頭稱許分得巧，可是參加派對或典禮，取用方便嗎？

國王試探說：「取七個如何？」

少仙呼喊：「春兒、夏兒、秋兒，請遞一、二、三號盒。」，加起來果然是巧巧妙妙——七，珠王在中央，光耀璀璨，小巧玲瓏的依次相伴兩旁，多麼合適！

公主又說：「取十二個如何？」

少仙呼叫：「秋兒、冬兒，請遞上三、四號盒。」四加八，果然是十二。四珠在中，八珠相襯，高雅大方。

公主有點兒不相信又說：「取十三怎樣？」

少仙呼喊：「春兒、秋兒、冬兒，請遞上一、三、四號盒，一加四加八共十三，珠王居中，偶珠相襯，氣派非凡。」

屢試不爽，鬼大多大王不禁頻頻點頭問：「少仙，你這智慧是怎樣來的？」

少仙說：「是把珍珠的大小和數量一併考慮，不就解決了！」

「哼！形與數兼顧，聰明！」大王笑逐顏開。

可是公主不服氣，又出難題：「少仙，別玩弄噱頭，話歸核心正題，請問珍珠象徵什麼意義？」

少仙恭敬回答：「真情、無瑕、貞潔、權力，象徵的正是尊貴的公主妳啊！」

公主一聽心中暗喜，可是表面卻嬌嗔不服的模樣，少仙知道養尊處優的她該給個啟示，就說：「可惜啊！公主，你的珍珠不真，全是假珠。」

「胡說！這全是我國養珠專家享譽世界的產品，不准你汙衊！」

「公主啊！請問妳今年幾歲？」

「不告訴你，女孩子的年齡是極機密。」

「公主是例外，不問可知，跟我同年，姑娘十二，如花似錦年華！」

「那又有什麼干係？」

「有，表示妳出生時珍珠師傅獻給你的珍珠不是真的珍珠，要是天然珍珠，現在應該呈現淡淡的黃色，而不是如此潔白。」

公主抓狂了，大喊：「抓來師傅，處死他！」

少仙跟著喊：「不！獎賞他！」

公主詫異的問：「為什麼要獎賞？」

「公主啊！會變黃的珍珠，妳會喜歡嗎？師傅為討妳喜歡，潛心研究，製造永不褪色的珍珠，勞苦功高啊！何況他現在正研發不會變色的野生珍珠品種啊！殺了他，就斷滅了貴國的珍寶啊！」

「可是他以假貨騙了我！」公主仍然怒氣未消。

少仙說：「正正得正，負負仍然得正，只有正負不分才是負。換句話說，真真假假是方便法，真假不混淆就是真。公主啊！珍珠師傅給妳美容保養的『珍珠美露』是滴滴皆真啊！因為那是假不得的，可見師傅的忠心耿耿。」

鬼大多大王和驕縱的公主領會當中道理，都頻頻點頭。

大王更問：「貴國像你們這樣聰明而且博學多聞的人多不多？」

少仙說：「多得數不完，所以隨便派我們這對鄉巴佬來。」

鬼大多父女大吃一驚，暫時放棄了侵犯達人國的念頭。

2. 雕龍王座

鬼大多大王登基十週年，想舉辦大規模慶典，計畫打造一張空前絕後的雕龍純金王座，黃金純度要百分之百，工藝要精美典雅、細緻高貴。自己國家找不到可靠的工匠，異想天開，向達人國徵求「黃金雕塑達人」，不改蠻橫態度，措辭嚴峻的說：如果沒有滿意的回應，將興兵攻打。

在達人國來說，雕塑黃金王座並非難事，不過對鬼大多的口氣卻不敢領教，只是黃金達人技癢，想趁此機會大展身手，最後阿木達國王也就欣然答應對方的要求了。

在達人國第一流的藝術家、工藝家，冶金家聯合塑造下，金碧輝煌的王座完成了，鬼大多嘆為鬼斧神工，無與倫比，非常滿意。

可是當百頭大象拖著鋼造千輪大車，緩緩前進，把王座送到的同時，卻有個探子向鬼大多告密：「大王，達人國詭計多端，送來的王座並不是完全純金打造，而裡面摻著廉價的銅，想矇騙過關。」

「看那大費周章搬運的情形應該不會吧！」

「黃金當然很重，問題是他們偷斤減兩蒙混過關啊！」

「喔！非查個一清二楚不可！我鬼大多豈是好騙的嗎！」

鬼大多懷疑金雕王座暗中減料的消息傳到達人國，全國上下慌成一團，因為這是可能惹起戰端的啊！阿木達國王召開緊急會議徹夜討論，不知如何是好時，大家不由得想起了曾經扮三太子和太乙真人的父子檔。

這回少仙單獨出使，任務是證明王座絕對是純金打造。鬼大多大王和美麗公主，態度都十分和善，歡迎聰明的小大使來臨。

「父王，少仙是貴賓，讓他住在城堡，我要他陪我騎馬遊山玩水。」對少仙滿懷好感的公主撒嬌說。

「唉！妳總是改不了淘氣，少仙任務在身，讓他做完工作再說。」大王不以為然，但拗不過女兒，答應了！讓少仙喜出望外，雀躍不已。

其實怎樣證明王座的含金純度，少仙也是思考當中，學「曹沖秤象」

嗎？還是阿基米德適合？為了能夠多一點緩衝時間思索考慮，因此附和著公主的意見說：「如果能住在宮裡，有陪伴公主的榮幸，那真是求之不得啊！」

晚上少仙靜下心在浴盆放滿水，舒舒服服泡澡，仔細觀察水溢出的模樣，可是仍然唉聲歎氣：「這有什麼用呢？王座那麼龐大！」

第二天早晨，少仙陪公主騎馬，奔馳廣闊草原，在馬上滾翻、射箭，表演神奇的騎術，下午又陪公主在偌大的個人泳池，展現如魚般泳技，使公主嘆為觀止，不住的稱讚：「少仙，你樣樣本領堪受考驗，不愧『真金不怕火煉』啊！」

「真金不怕火煉！有了！有了！讓雕龍王座接受水深火熱的考驗不就得了！」

那個晚上，有了水深火熱腹案的少仙，暗中探索宮中暖氣的來源，發現炎炎的火口，熱流從洞穴般的火道，經過旋轉的煙囪去除煙氣，再分送每個房間，不禁歡呼：「豪華王宮，水、火皆備，驗證王座何難之有！」

一夜好眠，隔天萬里晴空，豔陽普照，鬼大多大王心情愉快，召見少仙詢問驗證王座的事宜。少仙不加思索，立即歡呼：「豪華王宮，水火皆備，驗證王座何難之有！」

「水火皆備？什麼意思？」

「讓王座接受水深火熱的考驗啊！」

「水深火熱？」大王更不了解。

於是少仙一五一十說明可用公主的泳池驗證阿基米德的比重，更可以用坑火試探真金不怕火煉。大王不住點頭表示領會，肯定了少仙的聰明，可是純金雕龍王座是大王的心肝寶貝，讓它「水深火熱」情何以堪！於是乾乾脆脆的說：「我相信達人國工匠的清白就是，什麼驗證，全免了！」

龍心大悅的鬼大多大王又眉開眼笑的說：「少仙啊！不管你是神童還是少仙，這一路走來，你表現的點點滴滴我都歡喜，而且還想聽聽你的箴言。」

「箴言？」這下少仙忽然感覺十分緊張，惶恐不知所措。還好，鬼大多接著語氣親切的說：「上一回大仙說石碑的位置、你說珍珠的真真假假，老實說我和公主受益良多，這回關於真金王座，你也說說你的感想，證明一下我鬼大多偉大得竟然坐上誰都搬不走的王座了！」

少仙放心了，毫無忌諱的回答：「大王，您的王座重得難以搬動，這是誰都目睹的事實，可是坐的人或許會很輕易的變動啊！」

「你說的什麼意思？」鬼大多的脾氣要發作了。

幸好，喜歡少仙的公主趕緊緩頰說：「爸爸，請你讓他把話說完，說得好給賞，不好再處罰也不遲。」

「說吧！小傢伙！」

「大王！先王，也就是貴國開國的偉大國王，昨夜託夢給我，說他所以為兒子您取名『大多』，是由於鬼姓本就是通靈的國家祭祀主持人，祖先又是五行醫學的創始人，醫人無數，鬼神相通，厥功甚偉，要您把這蘊藏內心的神功發揮得『又大又多』，造福百姓啊！」

「哼！好像說得不錯。」鬼大多不再生氣了，語氣溫和的說：「我倒願意聽聽你說，怎樣讓我內心的神功發揮得更強大，更光亮，而能夠永保王座。」

「其實所謂神功也好，鬼才也好，真正的意義是『人性的光輝』——求真、求善、求美的心，隨時把它擺在第一，那麼王座就永遠非您莫屬。」

「就這麼簡單？」鬼大多聽得高興，高聲喊：「有賞！」

公主也說：「你想要什麼賞賜儘管說，我爸爸一定會全部答應。」

「對！全部答應，君子一言既出駟馬難追！」

什麼賞好呢？不管怎樣該是很膨風的賞啊！荷蘭人來福爾摩沙，向原住民要一張牛皮的土地，結果足以蓋一座城池，夠膨風吧！不！不夠！聽說幾何級數才叫人大嘆膨風呢！於是少仙說：「今天，我只要一粒米的賞。」

「什麼？一粒米？」鬼大多以為自己聽錯了。

「是的，不過明天要二粒，後天是二的倍數四，大後天是四四十六，一直以幾何級數增加，直到五十天後的數量的米。」

「唉！親愛的小朋友，你太客氣了，沒問題，本大王答應的絕對兌現。」

「那就掰掰了，五十天後我會來領賞。」

那天少仙在鬼大多大王和美麗小公主，帶領全朝文武百官列隊歡送下離境，然後又在阿木達國王，帶領文武百官歡迎下，光榮回國。

3. 一粒米的獎賞

五十天後，膨風少仙帶領百輛馬拖車，說是來領取一粒米五十天後的幾何級數累積的米。

鬼大多一看，嗤之以鼻，大笑說：「幹嘛又是膨風十足，虛張聲勢，帶來百輛車，難道要搶劫？」

少仙恭敬的回答：「貴國難道沒有懂得最起碼的數學的人才嗎？算算看，要不要百輛馬拖車裝載呢？如果我算錯或狡賴，願受貴國最嚴厲法律懲罰。」

鬼大多召來全國「精算師」，用最精準的算盤，費了好多天仔細計算。最後提出報告：「國王，那龐大的米糧，就是百輛馬拖車也載不完的，恐怕全國的存糧都要付之一空了！」

鬼大多一聽，魔性展現，咆哮如雷：「亂講！第一天只有一粒米，而且短短五十天，兩個月不到，哪會全國的存糧都要被取空？」

精算師把算盤和五十天數字的紀錄表，小心翼翼的端上來，鬼大多大王從頭到尾仔細查看，不由得臉色鐵青，手腳發軟。因為精算的結果，五十天後的數字是：562,949,953,421,312 粒（五百六十二兆九千四百九十九億五千三百四十二萬一千三百一十二粒）。

一公升米約五萬粒，一公石米約五百萬粒，那麼第五十天的米粒，換算公石是一億一千二百五十八萬九千九百九十公石。就是把全國的存糧統統運來，恐怕還不夠。

鬼大多王聽清楚了精算師的詳細報告，越想越氣，忍不住怒氣衝天的說：「你這乳臭味乾的膨風小傢伙，太狡猾，也太貪心了！」

「報告大王，我已成年哪是乳臭未乾。」

「閉上你的嘴！總之，我不允許你活在世上，尤其是活在我視為眼中釘的達人國。」

「報告大王，您難道忘了我是膨風少仙，同時也是神算神童，我來貴國之前，已經算到會有現在的精采場面，所以百輛運糧車，其實是百輛現場轉播車，會把大王的作為，一五一十叫全世界都看到，引起國際上的注目，把貴國視為恐怖製造者，聯手多方制裁。何況我和我父親膨風大仙先前送來，安置皇家廟堂的哪吒風火輪和太乙真人的雲朵，只要我的遙控器一按，就會成為毀滅性武器啊！不過話說回來，其實我是可以放棄一切動作和獎賞的，只要大王答應一件事。」

「什麼事？快說！」

「讓貴國軍人都帶著他們的槍枝、鎧甲、盾牌回鄉，把武器打造成鋤、犁等農具，耕耘荒蕪已久的田地。」

鬼大多大王登基以來，實施強兵強國政策，農民被強徵當兵，鐵犁、鐵鋤、鐮刀，全部沒收打造刀槍，留在田園的老弱婦孺只得用木犁、木鋤耕耘，辛苦收成的糧食，十之八九被徵收。因此鬼大多國，兵強馬肥，卻哀鴻遍野，人人面黃肌瘦，狀至可憐。

「如果我答應了，你是不是願意放棄一粒米的五十天獎賞？」

「那當然！」

「可是我鬼大多不是顏面盡失，武功全廢，必須悄悄走下黃金王座？中了你的詛咒？那下場會怎樣？你知道嗎？」

「人民愛戴，全國歡騰！」

「全國歡騰或許可能，人民愛戴？夢想！」

「大王，你既然不忍心讓王座接受水深火熱的考驗，又怎能讓你的子民活在水深火熱中呢？你不是說要自己的神性勝過魔性嗎？瞧瞧外頭的情況！」

這時王宮廣場不知什麼時候，聚集了千千萬萬的人民，是御林軍同情他們，讓他們表達心聲的。

「大王！大王！看在美麗小公主時常悄悄開啟糧倉救濟的恩德，我們會使大王『萬民擁戴』的夢想成真！」呼聲此起彼落，響徹雲霄，撼動大地。

美麗小公主靠近父王身邊說：「順應民意，讓你的夢想成真。」

無數的鬼大多士兵解甲歸鄉了，天天背著鋤頭耕耘田地去，鄉村一片歡樂氣息，孩童放學了趕著水牛到青草地，河邊響起搗衣砧聲，山坡傳來採茶歌聲，牧童的嬉笑、雞犬的啼叫、蛙鳴鳥囀，匯成一部快樂的田園交響曲。

美麗小公主捨不得膨風少仙就此離開，設法讓他當上達人國駐鬼大多大使，每當他們躑躅田園，農人們無不歡欣鼓舞高呼公主萬歲，大使萬歲！

從此鬼大多國，風調雨順，年年慶豐收，與達人國邦交親善，文化交流、產業合作，兩國人民幸福快樂！可是膨風大仙、少仙，念念不忘家鄉，眼看善緣已完盡，有一天父子相攜尋尋覓覓，找到時光隧道的電梯悄悄回家去。

精采的膨風故事說完了，小朋友們意猶未盡的問：「大仙、少仙，你們父子檔去過『魔法國』、『達人國』、『神仙國』，好令人嚮往的國土，為什麼不留在那裡享福，做宰相、做大臣、做駙馬爺，怎麼還要回來翻山越嶺，挑擔走遠路，拍嘴鼓做小生意，那麼辛苦幹嗎？」

「唉！使命！使命！為了膨風得更有趣，膨風得讓更多人知道一個很重要很重要的道理——。」

「什麼道理？是不是叫人捧腹大笑，笑得忘了一切痛苦和煩惱？」

「不錯！但那並不是最重要的，重要的是讓人知道『神機妙算』和『超級遠見』，其實並不是『膨風』，那個道理。」

「膨風仙，你說什麼我們不懂哩！」

「沒關係，只懂得捧腹大笑，就值得我揮汗猛敲『膨風鼓』了，謝謝你！」

人群盡歡而散，期待下回膨風鼓再敲的時光。

膨風仙按：一粒米獎賞的數字，參考數學達人——許達材老師編著《形和數的故事》（一九七五年四月永安出版社出版）。

附錄

悅讀的年代

傅林統

「悅讀」取代「閱讀」是時代的風尚，也是長久以來人人夢寐以求的讀書境界。《論語》：「子曰學而時習之，不亦說乎！」我們耳熟能詳。

學習是知識的增進、智慧的成長，這累積和領悟的過程多麼令人興奮！多麼令人感受發自內心的喜悅！

不過「悅讀」也不盡然是為了學習什麼，其實「開懷」才是重點，「開心」、「快樂」才是目的。文學理論有一「快樂說」。譬如英國文學家普斯奈特就說：「文學的創作是一種想像的心靈活動，而這種想像並不用於教訓的實際目的，而是給予更多人更深切的快樂。」

什麼是深切的快樂？就是「由衷的感動」。作者拿什麼感動讀者？是透過想像的、感性的、趣味的形態表達他的思想，引起讀者的共鳴。換句話說，這是一種「美的滿足」是情趣的意象化、趣味化。

然而在文學的情趣論述上，「詼諧」占有很重要的分量，「詼諧」也可以說是「幽默」、「好笑」，是概念與實在物的不調和而產生的情趣。然而以兒童的認知而言，他們的「好笑」是接觸到「意外」、「例外」狀態。

因此「詼諧」的闡釋，最直接的說法是由於讀者的預期和結果的不一致，或者說讀者的既定觀念和作品中的情節不一致而發生的。這樣的文學作品在東方民族都是給大人看的，甚少為兒童而寫的，以致西方人說東方民族缺少幽默感，或許這愉悅心情的故事是我們該加把勁努力的一個方向。

「悅讀」還有一個取向是「無意義」（nonsense）的讀物。譬如我們鄉土的兒歌——〈白翎鷥車畚箕〉、〈烏鬃、烏鬃，掠雞仔搵豆油〉等，以及故事型態的〈邱罔舍〉、〈白賊七仔〉等，就是「nonsense」的佳構。

不過鄉村裡，街頭巷尾、店頭、樹下，茶餘飯後聊天的村人，最多的話題卻是

「膨風古」，各人憑著天馬行空的想像，鼓動三寸不爛之舌，誇大其辭，把自己的經驗，或毫無依據的事情，當笑料博人開心，獲取掌聲。這快樂，說者激情，聽者捧腹，快樂無比。

開懷的形式多采多姿，顯示兒童文學在「悅讀」上的多元與包容。有的故事不在文中的涵義，卻在語言或音調上讓人感到愉悅並且餘韻無窮，譬如英國人喜歡的《鵝媽媽的故事》，以及台灣的許多兒歌都令人琅琅上口。有的趣味之外，還有被喻為「彩虹上的淚珠」的意涵，也就是會叫人捧腹大笑，而且笑出淚水來，不以為有任何教育意義，卻無形中在靈性上受到了影響。

其實「開懷童話」的重心在心靈的舒爽，閱讀的喜悅，縱使有意義也是潛移默化，無心插柳柳成蔭吧！

妙！妙！妙！開心國

國家圖書館出版品預行編目（CIP）資料

妙！妙！妙！開心國 / 傅林統著 ; 李月玲圖 . -- 初版 . -- 臺北市 :
九歌 , 2018.10
面 ;　公分 . -- (九歌故事館 ; 16)
ISBN 978-986-450-213-4(平裝)
859.6　　　　107014918

著　　者——傅林統
繪　　者——李月玲
責任編輯——鍾欣純
創 辦 人——蔡文甫
發 行 人——蔡澤玉
出　　版——九歌出版社有限公司
台北市 105 八德路 3 段 12 巷 57 弄 40 號
電話／02-25776564・傳真／02-25789205
郵政劃撥／0112295-1

九歌文學網　www.chiuko.com.tw

印　　刷——前進彩藝有限公司
法律顧問——龍躍天律師 ・ 蕭雄淋律師 ・ 董安丹律師
初　　版——2018 年 10 月
定　　價——280 元
書　　號——0174016
I S B N——978-986-450-213-4

本書榮獲桃園市圖書館補助出版